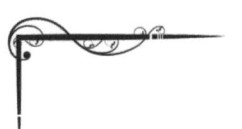

Bianca Karwatı

Herausgeberin

Wald der Lüste

Anthologie

BoD™
BOOKS on DEMAND

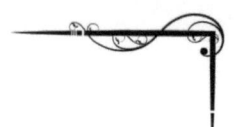

Die geschilderten Personen und Ereignisse sind frei erfunden.
Ähnlichkeiten mit lebenden oder
verstorbenen Personen sind rein zufällig.

© 2018 Bianca Karwatt
Lektorat Buchstabenpuzzle
info@buchstabenpuzzle.de

Cover:
Azrael ap Cwanderay
Bildmaterial:
www.pixabay.de

Lektorat und Korrektorat:
Lektorat Buchstabenpuzzle Karwatt
www.buchstabenpuzzle.de

1. Auflage

Bibliografische Information der Deutschen Nationalbibliothek:
Die Deutsche Nationalbibliothek verzeichnet diese Publikation
in der Deutschen Nationalbibliografie; detaillierte bibliografische
Daten sind im Internet über http://dnb.dnb.de abrufbar.

Herstellung und Verlag: BoD – Books on Demand, Norderstedt

ISBN: 978-3-7460-5612-8

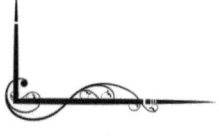

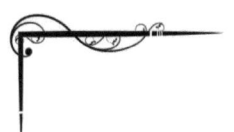

Bianca Karwatt

Herausgeberin

Wald der Lüste

Anthologie

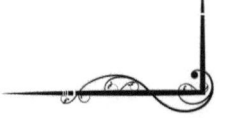

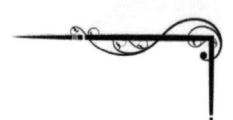

Ich möchte nicht viele Worte machen, dennoch möchte ich allen Autoren von Herzen danken, die mir ihre Texte anvertraut haben, um daraus eine Anthologie zu machen. Sehr viele Texte erreichten mich, ehrlich gesagt so viele, dass wir insgesamt vier Anthologien damit veröffentlichen konnten.

Herzlichen Dank, meine Lieben!

Ihnen, lieber Leser danke ich, auch im Namen aller teilnehmenden Autoren, ebenfalls von Herzen, dass Sie mit dem Kauf unserer Anthologie ein privates Tierschutzprojekt unterstützen. Die Spende wird wirklich zu einhundert Prozent für die Tiere verwendet, versicherte mir Linda Marie Haupt.

Vielen lieben Dank!

Und ein letztes herzliches Dankeschön geht an Linda Marie Haupt
Sie kümmert sich nicht nur um Hunde und Katzen, nein, auch Wildtiere, die Hilfe benötigen, erhalten diese von ihr, zu jeder Tages- und Nachtzeit. In den vergangenen Jahren haben wir uns sehr oft darüber unterhalten, welche Tiere sie gerade versorgt. Ob es ein kranker Igel oder ein kleines Kätzchen war, aber auch Entenküken, die keine Mama mehr hatten, alle bekamen Hilfe von ihr. Für sie gibt es keine Unterschiede, Tier ist Tier und man spürt, wie sehr es ihr am Herzen liegt, diesen zu helfen.

**Danke schön, liebe Linda Marie
Haupt, für dein Engagement.**

Nun bleibt mir nur noch, Ihnen viel Spaß beim Spaziergang durch den Wald der Lüste zu wünschen.

Bianca Karwatt

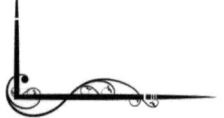

Nur wer die Sehnsucht kennt ...

So lange hab ich gewartet auf dich,
die Sehnsucht nach dir überflutet mich.
Deine Hände, die mich berühren,
möchte ich auf meinem Körper spüren.
Endlich wieder Haut an Haut,
wir sind einander so vertraut.
Ein Blick in deine Augen, ein langer Kuss,
das ist das Erste, was sein muss.
Erst sanft dann fordernd deine Hände werden,
wenn du nicht fortfährst, werde ich sterben!
Unsere Körper sich vor Erregung winden,
sie wollen endlich Erlösung finden.
Deine Lippen flüstern erotische Worte,
dann spüre ich dich an heiligem Orte.
Nun will ich fühlen, nicht mehr denken,
will ganz und gar mich an dich verschenken.
Als ich schließlich wieder bei mir bin,
kommt mir nur Eines in den Sinn:
Ein Glück, dass du gekommen bist,
ich habe dich so sehr vermisst.

© Inga Kiss

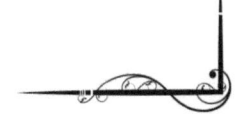

Feuerwerk

Es ist Kirchtag und in wenigen Minuten soll das große Abschlussfeuerwerk losgehen.

Eigentlich hattest du ja keine Lust gehabt, Menschenmassen waren dir schon immer ein Gräuel gewesen, aber mir zuliebe hattest du zugestimmt, mitzukommen. Und du wirst diese Entscheidung bestimmt nicht bereuen ...

Fröstelnd ziehst du die Schultern hoch, mit deiner dünnen Bluse und dem kurzen Rock bist du fast zu luftig angezogen für diese Jahreszeit, aber du willst mir ja unbedingt zeigen, wie schön und begehrenswert du bist.

Dabei weiß ich das eh, sehe ich dich doch nicht nur mit den Augen, sondern auch mit dem Herzen.

Sachte trete ich dichter an dich heran, schlinge zärtlich meine Arme um dich, um dir Wärme und Geborgenheit zu spenden.

Dich durchläuft ein heißer Schauer, meine bloße Anwesenheit, die Nähe meines Körpers, von dir getrennt nur durch einige wenige Schichten Stoff, und dazu die Tatsache, dass Tausende von Menschen um uns herumstehen, erregen dich.

Ich kann spüren, wie ein wohliger Schauer über deine Haut streicht, wie du dich, erst zaghaft, dann immer verlangender an mich drängst.

Wir stehen etwas abseits der Menschenmassen, im Schatten eines Karussells verborgen, sodass niemand sieht, wie du nun langsam dein Becken an meinem Schoß reibst, es behutsam kreisen lässt.

Dabei wandern deine Hände nach hinten, legen sich auf mein Gesäß und drücken mein Becken fest an deinen kleinen Po. Ich genieße diese Nähe, diese unausweichliche Enge, und spüre, wie mein Glied langsam anschwillt.

Du spürst es auch durch den dünnen Stoff deines Rockes und verstärkst noch deine Bemühungen, was mir ein leises Stöhnen entlockt. Auch wenn ich es nicht sehen kann, so spüre ich doch, wie du still lächelst. Du weißt genau, womit du mich heißmachen kannst.

Aber nicht nur du verstehst es, die Begierde in einem geliebten Menschen zu wecken.

Zärtlich beginne ich, mit meinen Händen über deine Schultern zu streichen, fahre die sanfte Rundung deines Nackens nach und lasse meine Finger dann langsam auf begehrliche Wanderschaft gehen.

Du legst genießend den Kopf in den Nacken, deine Wange liegt an meinem Hals und ich rieche deinen berauschenden Duft, den Mix aus exotischem Parfüm und langsam ansteigendem Verlangen.

Deine hübschen Augen sind geschlossen, die weichen Wimpern zittern leicht, als dein Atem heftiger wird.

Schuld daran sind meine Hände, die jetzt das erste Ziel ihrer Wanderung erreicht haben und leicht auf deinen festen Brüsten ruhen.

Ich spüre, wie deine zarten Knospen anschwellen, wie sie hart vor Verlangen werden, und beginne, meine Handflächen sachte über den dünnen Stoff deiner Bluse kreisen zu lassen. Hitze steigt in deine Wangen, brennende Begierde, die auch meine Leidenschaft weiter anstachelt.

Längst schon bewege ich mein Becken im Einklang mit deinem kreisenden Hintern, dränge mein steifes Glied an deine heißen Pobacken, den Druck deiner Hände auf meinem Gesäß genießend. Hände, die plötzlich verschwinden, nur um kurz darauf wieder vor meinem Schritt zu erscheinen.

Kurz rückst du etwas ab von mir, aber nur, um mit einer schnellen Bewegung den Reißverschluss meiner Jeans zu öffnen und meinen harten Schaft aus seinem Gefängnis zu befreien. Kaum ist das geschehen, drängst du dich schon wieder eng an mich, presst deinen Po fest gegen meinen Zauberstab.

Dass und die Tatsache, dass von den umstehenden Leuten sich nur einer zur Seite drehen muss, um uns bei unserem lustvollen Tun zu beobachten, trägt nicht unerheblich dazu bei, dass sich erste Lustperlen auf der violetten Spitze meines Schwanzes zeigen und ich mir ein lautes Stöhnen nur mühsam verkneifen kann.

Als ›Rache‹ für diese lustvolle Behandlung nehme ich eine deiner harten Knospen zwischen Daumen und Zeigefinger und zwirble sie sanft, aber verlangend, während ich zugleich die andere Hand zärtlich über deinen Bauch gleiten lasse, der vor Begierde hart und angespannt ist, und meine Finger wieder auf Wanderschaft gehen lasse, diesmal nach Süden, hinab zu deinem Sonnenzentrum der Lust.

Erst streichele ich nur sanft die Innenseite deiner Oberschenkel, lasse meine Finger, wie einen Schmetterlingshauch, über deine erhitze Haut schweben.

Deine Erregung wächst, du willst mehr, viel mehr, deine Finger krallen sich in meinen Po, deine Nägel schlagen Kratzer der Lust in meine Haut.

Mit langsamen Bewegungen, deine Begierde bis zum letzten auskostend, streife ich deinen Rock hoch, schiebe ihn über deinen Po, sodass mein Luststab nun Kontakt zu deiner nackten Haut hat. Ich spüre deine Hitze, deine Lust und bin froh, dass du kein Höschen trägst.

Das macht mir das, was ich als Nächstes vorhabe, nämlich um einiges einfacher.

Während eine Hand von mir immer noch mit deinen Brustwarzen spielt und dir leise Seufzer der Lust entlockt und die andere langsam an der Innenseite deine Schenkel nach oben gleitet, bringe ich meine Lippen ganz nah an dein Ohr und flüstere: »Ich werde dich jetzt hart und leidenschaftlich nehmen, meine Finger werden dir ungeahnte Ekstasen bereiten und mein harter Schaft wird dich mit kräftigen Stößen tief und fest ausfüllen – aber die ganze Zeit über will ich keinen Ton von dir hören. Ist das klar?« Statt einer Antwort drückst du deinen Po nur noch fester an mein Glied und ich weiß, dass ich genau den richtigen Ton getroffen habe. Trotzdem fällt es dir schwer, das Stöhnen zu unterdrücken, als meine tastenden Finger die Ränder deiner Lustgrotte erreichen und sanft darüberstreichen.

Ich kann deine Nässe spüren, die Hitze fühlen, die dein Hort der Wonnen ausstrahlt.

Hitze, die nicht gelöscht, nur noch weiter angestachelt werden kann, bis sie in einer wahren Feuersbrunst der Leidenschaft explodieren wird.

Deine festen Brüste abwechselnd massierend und die Knospen sanft traktierend, lasse ich meine Finger spielerisch über deinen Kitzler gleiten, tippe leicht an diese Perle der Lust und erlebe lächelnd, wie du nur mit Müh und Not einen Schrei unterdrücken kannst.

Du bist jetzt heiß, begierig, deine Nerven vibrieren vor Verlangen. Warmer Saft, Nektar der Leidenschaft, rinnt über meine Finger, zieht seine Bahn über deine Schenkel und macht das Eindringen meiner Finger in deine Lustgrotte zu einem Kinderspiel.

Gleich zwei auf einmal finden ihren Weg in diese heiße Höhle. Ich weiß, dass du mehr verträgst, mehr willst, aber ich lasse mir Zeit, spiele mit deiner Erregung, deinen Erwartungen.

Still lasse ich die Finger in dir ruhen, kreise nur mit meiner anderen Hand sanft über deine Brustwarzen und reibe meinen Schaft fordernd an deinem Po.

Ich spüre genau, dass du es nicht mehr lange aushalten kannst, dass dein ganzer Körper dabei ist, zu einem Bündel animalischer Lust zu werden.

Leise Stöhnlaute dringen trotz meiner vorigen Worte über deine Lippen, dein Atem ist ein einziges Keuchen des Verlangens.

»Keinen Laut, schon vergessen?« Quälend langsam ziehe ich meine Finger aus dir zurück, verlasse diesen brennenden Himmel der Begierde.

Ein leises Wimmern des ungestillten Verlangens kommt über deine Lippen, du willst es jetzt und sofort, hart und leidenschaftlich.

Und ich weiß, dass ich dich jetzt nicht länger zappeln lassen kann, du windest dich vor Gier nach meinen Liebkosungen, meiner Lust und meinem harten Schaft. Und du sollst all dieses bekommen.

Da wir fast gleich groß sind, ist es für mich ein Leichtes, etwas in die Knie zu gehen – und mit einem einzigen Stoß von hinten in dich einzudringen.

Trotz aller Warnungen kannst du es nicht verhindern, dass ein leiser Schrei über deine Lippen kommt, der zum Glück im Lärm der Menge um uns herum untergeht.

Aber das ist jetzt egal, jetzt zählt nur unsere Lust, die Gier nacheinander, bestimmt vom harten Stoßen meines Gliedes in deine heiße Grotte, fest und tief, wie ich es dir versprochen habe.

Wie ein Kolben stoße ich zu, immer wieder, das Tempo leicht variierend, mal schneller, mal langsam, aber tief, treibe dich mit jedem Stoß weiter voran auf dieser Welle der Lust.

Du reißt eine Hand empor zu deinem Mund, versuchst, den Schrei der Ekstase zu ersticken, der sich in deiner Kehle bildet.

Aber vergebens, mit einem letzten tiefen Stoß meines Schwanzes treibe ich dich über die Grenzen der Beherrschung, ramme ich dich in die Gefilde ungezügelter Ekstase, und dein Schrei bricht aus dir hervor, so wie der heiße Samen aus meinem Glied in das Zentrum deiner Begierde schießt, eine Eruption der Wollust, ein Feuerwerk der Leidenschaft, neben dem das echte Feuerwerk, welches zeitgleich über unseren Köpfen losgebrochen ist und unsere Schreie erstickt hat, nicht mehr ist wie das Sprühen einer Wunderkerze.

Und wie die Funken der Raketen langsam verglühen, geht auch unsere Ekstase zurück, beruhigen sich unsere erhitzten Leiber wieder und finden unsere lustgepeitschten Seelen wieder zurück in die reale Welt.

Während mein langsam erschlaffender Schaft noch in dir ruht, lege ich meine Arme zärtlich um deine Schultern und drücke meine Wange sanft an deine.

Die Glut der Leidenschaft mag momentan erloschen sein, die Glut in unseren Herzen wird aber auf ewig weiterlodern.

© Azrael ap Cwanderay

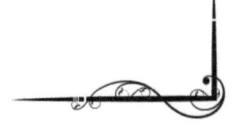

Sex ohne Liebe?

Sybille genoss die warmen Sonnenstrahlen auf ihrem ästhetischen, schlanken Körper. Auf ihren üppigen Busen war sie besonders stolz und prahlte gerne damit, dass dieser Natur pur sei. So auch an diesem Tag, als die durchtrainierten Arbeiter auf der Baustelle ihren Dienst antraten. Heute waren sie zwei Stunden später angekommen und dementsprechend leicht bekleidet waren sie schon. Wie junge Affen hangelten sie sich mit freiem Oberkörper an dem Gerüst hoch. Niemand benutzte die Steckleitern. Die Männer schienen gerne mit ihren Körpern anzugeben und Sybille setzte alles daran, einen von ihnen näher kennenzulernen, gerne auch nur für eine Nacht, ein Grund, warum sie sich diesen Platz ausgesucht hatte.

Der kleine Seepark hatte kleine geschützte, von mannshohen Hecken umsäumte, Sitzecken rund ums Wasser, die man stundenweise mieten konnte.

Mit einem Leuchten in den Augen entledigte sie sich ihres Bikinioberteils und rekelte sich verführerisch auf der mitgebrachten rot-bunt-karierten Decke, ihren Blick immer auf einen der Arbeiter gerichtet.

Ihr Herz pochte, als sich der Mann in ihre Richtung drehte und sie direkt ansah. Sie legte sich in Pose, hoffte, dass er es mitbekam und darauf reagierte. Er sah ja auch zu lecker aus.

Steve, der eigentlich Stefan hieß und diesen Namen hasste, grinste breit bei dem Anblick. Ihm war bewusst, sein Körper lockte jedes weibliche Wesen an, wie Zuckerwasser die Wespen, dennoch hatte er nicht wirklich Interesse. Die meisten Frauen wollten nur finanziell abgesichert sein und ansonsten ihr Leben frei genießen. Trotz seiner zwanzig Jahre wusste er schon, wo der Hase langlief und die

Falle müsste erst erfunden werden, in die er hineinlief. Sex ja, aber nicht ohne die dazugehörige Portion Liebe und die fand man mit Sicherheit nicht bei der Arbeit. Er wollte sich einen Spaß mit der jungen Frau, die er auf Anfang zwanzig schätzte, machen, und spielte ihr Spiel mit. Erneut hangelte er sich Etage um Etage höher, und jedes Mal, bevor er das nächste Mal Schwung nahm, umspielte er die Gerüststange mit seinen Beinen, rieb sich sein bestes Stück daran.

Unten stand Helmi, sein Vorarbeiter, kopfschüttelnd. Er ahnte bereits, was wieder passieren würde, eine Frau würde auf die Baustelle kommen und seinen Jungs den Kopf verdrehen und ihr eigentliches ›Opfer‹ würde kein Interesse zeigen. Wenn er doch nur wüsste, wo dieses anheimelnde Wesen steckte, der würde er den Kopf waschen. Neugierig ging sein Blick umher und blieb auf ihr haften. Da lag sie, oben ohne, eine Hand im Bikinihöschen und einen Augenaufschlag hatte die, sagenhaft. Helmi entschied sich, lautstark einzugreifen, bevor noch ein Unglück passieren würde. Er konnte und wollte auf Steve, seinen ehemaligen, zuverlässigsten Azubi, nicht verzichten.

»Steve, Gurt anlegen nicht vergessen, da oben ist die Luft etwas zu dünn für dich.« Mit einem breiten Grinsen drehte sich Helmi um und ging zu der jungen Frau. Der wollte er es doch zeigen.

»Ja, Oberaufseher, vergesse ich schon nicht. Weiß doch, wie sehr du die Vorschriften liebst.« Steve genoss die Plänkelei mit einem Vorgesetzten und wusste, was der meinte. Seine Hand über seinem Kopf, rutschte langsam an der Stange herunter, weiter über seine Brust und seinen Bauch, bis hin zum Hosenbund. Seine Bewegungen wurden immer mutiger und vor allem eindeutiger. Er heizte ihr richtig ein. Immer kräftiger und schneller stieß er sein Becken vor, als wenn er die Stange beglücken wollte.

»Hey, Junge, hast noch Saft auf der Spritze oder läufst schon trocken?« Ein beherztes Lachen dröhnte ihm von seiner Mannschaft entgegen. Fredi, der alte Sack, konnte seine fast sechzigjährige Schnauze nicht halten und musste ihn aufziehen.

»Zumindest muss ich mich nicht erst desinfizieren, bevor ich eine Frau beglücke«, kam der Konter auf dem Fuße und Steve öffnete langsam, Knopf für Knopf seine Hose. In solchen Situationen liebte er seine zehn Hosenknöpfe. Vor allem die Reaktionen der Frauen bei seinem Anblick.

Sybille lag auf der Decke, ihre Zunge fuhr langsam über ihre sinnlich geformten Lippen, mit den Fingern umspielte sie ihre Knospen, die steil und hart gen Himmel ragten, während die andere Hand ihren festen Platz in ihrem Höschen hatte. Je heftiger der Kerl auf dem Gerüst herumturnte, umso schärfer wurde sie und genau das zeigte sie jetzt auch. Sie bog ihren Rücken durch, streckte die Brust in die Höhe, ließ ihren Kopf nach hinten fallen. Immer eindeutiger wurden auch ihre Bewegungen im Höschen, in der Hoffnung, ihn richtig zu reizen, damit er endlich zu ihr kam und sie erlöste. Sie glaubte sich geschützt in der Nische und stöhnte leise auf. Den ersten Gipfel hatte sie erklommen und spürte die leidenschaftliche Feuchte zwischen den Beinen. Sie wollte ihn unbedingt haben, er war derjenige, der es ihr besorgen sollte. In ihren Träumen sah sie sich schon mit ihm im heftigsten Bett-Wrestling und glaubte schon, seine wilden Stöße in sich zu spüren. Hart und tief sollte er sie nehmen. Ein weiterer Schauer lief über ihren Körper bei den Gedanken. Ihr blieb fast die Luft weg, als sie sah, wie er langsam seine Hose runterrutschen ließ und in einem doch sehr knapp geschnittenen Slip dort herumturnte. Ein weiterer Stoß von ihm in Richtung Stange und sie schmolz dahin wie Eis in der Sonne. Sie ging noch einen Schritt weiter und zog verführerisch erst an dem seitlichen Bändchen ihres Höschens, dann an dem anderen. Triumphierend hielt sie es in die Höhe.

›Wenn ihn das jetzt nicht genug reizt, weiß ich auch nicht mehr.‹ Es störte sie ein wenig, dass seine Kollegen sie ignorierten. Bisher hatte sie doch immer den Kerl ihrer Begierde bekommen, aber die Männer hier waren echt immun gegen weibliche Reize - bis auf ihn. In seiner Unterhose zeichnete sich eindeutig eine Reaktion ab und genau die brauchte sie jetzt. Erneut ging sie zum Kampf über, spreizte ihre Beine und gewährte ihm einen Blick auf die kommende Party. Sein breites Grinsen interpretierte sie allerdings völlig falsch. Im Glauben, ihn nun endlich überzeugt zu haben, harrte sie darauf, ihn endlich auf sich zu haben, ihn zu spüren. Sie wollte nur eines, schnellen, harten Sex, keine Bindung, keine Gefühle, einfach nur mal wieder einen ordentlichen Orgasmus, vielleicht auch mehrere.

Plötzlich spürte sie eine eisige Kälte auf ihrem Körper. Erschrocken schrie sie auf, drehte sich zur Seite und sah den Übeltäter. Der hässliche Vorarbeiter stand hinter der Hecke, mit einem Eimer in der Hand und lachte lauthals. Seine Gewichtsklasse war eindeutig drei Stufen über ihrem Limit und vom Alter her, gehörte er schon lange in Rente und durfte auf keine Frau losgelassen werden. Helmi konnte in ihrem Gesicht lesen wie in einem Buch.

»Tja, Süße, Pech gehabt, würde ich mal sagen. ›Ohne Liebe keinen Sex‹, würde der Bursche da oben sagen. Sex ist etwas für billige Bräute und geile Böcke, aber wahre Liebe, die ist etwas für echte Frauen und Männer.«

Sie schnappte nach Luft, suchte in ihrem Kopf nach der passenden Antwort und das einzige, was ihr einfiel, war: »Ich bin eine echte Rothaarige.« Sybille hätte sich mit der Hand vorm Kopf schlagen können, allerdings

müsste sie dazu bereit sein, sich vor diesem Kerl unten rum wieder zu entblößen, und das traute sie sich dann doch nicht.

Steve war in der Zwischenzeit lachend vom Gerüst geklettert und stand nun neben Helmi.

»Na, hast es der gezeigt? Hättest das Wasser ja wenigstens anwärmen können.« Er fand die Aktion doch ziemlich lustig, denn Emotionen gehörten bei ihm zu einer Beziehung dazu.

»Bist du wahnsinnig? Die Braut ist hier so heißgelaufen, dass die eine ganze Fußballmannschaft hätte flachlegen können und diese für die nächsten zwanzig Bundesligaspiele ausgefallen wäre. Kommt ja gar nicht in Frage, will schließlich mal meine freien Männerabende genießen und nicht immer nur die Hand meiner Angebeteten halten, während die zehn Mädels oben herumtoben. Und wenn du elf Weiber daheim hast, weißt du, wie du die wieder ruhig bekommst, glaub einem alten Bock.« Helmi zog mehrfach seine Augenbrauen hoch, schlug Steve noch einmal freundschaftlich auf die Schulter und ging wieder zur Baustelle.

»Und nun zu dir, Schätzchen«, wandte sich Steve an Sybille. »Ich weiß nicht, wie du heißt oder wie alt du bist, aber eines weiß ich, dein knackiger Körper sieht heiß aus, für mich zu heiß und ich verbrenne mir ungern mein bestes Stück. Also geh und such dir eine andere Spielwiese.« Er nickte ihr noch einmal zu und ging schnellen Schrittes, nur mit der eng anliegenden Unterhose bekleidet, zurück zur Baustelle. Vorbeifahrende Autos hupten, ein kurzer Blick von ihm in die Richtung und er wünschte sich endlich eine Frau, die ihn so liebte, wie er sie lieben wollte.

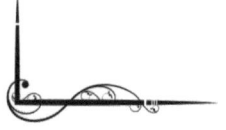

Sybille zog sich hastig an und lief mit hochrotem Kopf und einer ordentlichen Portion Wut im Bauch an der Baustelle vorbei, würdigte keinen der Männer eines Blickes. Sie war einfach nur enttäuscht und gedemütigt, dass niemand ihre Schönheit beachtete und mit ihr gemeinsam den Gipfel der Ekstase erklimmen wollte. Sie brauchte jetzt unbedingt einen echten Mann, der ihr ihre Geilheit austreiben würde.

© Val Valland

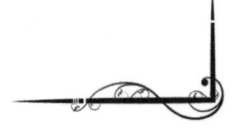

Fahrstuhl in den siebten Himmel

Eigentlich war es für Jennifer Cole ein ganz normaler Montagmorgen, doch zwei Sachen unterschieden sich erheblich. Als Erstes hatte sie vier monatiges Jubiläum. Was ja an und für sich nichts Schlechtes sein musste. Es sei denn, es handelte sich wie bei ihr, um vier Monate ohne jeglichen Sex oder Zuneigung. Sie hatte schon länger das Gefühl, dass sich ihr Freund Jeff lieber in die Arbeit stürzte, als mit ihr gemeinsame Zeit zu verbringen. Eintönig, langweilig und kein bisschen erotisch. In ihrer Verzweiflung griff sie schon zu diesen Groschenromanen, in denen es mehr knisterte, als in ihrer eigenen Beziehung.

Und zum Zweiten hatte sie heute ihren ersten Arbeitstag in der neuen Firma. Zu allem Überfluss schüttete es wie aus Kübeln und sie war sowieso schon spät dran. Zum Glück hatte sie wenigstens in weiser Voraussicht einen Regenschirm eingepackt. Ein typisch warmer Sommerregen, der abrupt eingesetzt hatte und wie es aussah, so einige Menschen, die sich auf den Straßen tummelten, überrascht hatte. Sie quetschte sich durch die vom Regen aufgescheuchte Menschenmenge, die allesamt nach einem trockenen Plätzchen suchten, bis hin zum Eingang des Wolkenkratzers, in dem sie ab jetzt ihr eigenes Büro beziehen würde. Zwar noch immer als Handlanger, aber trotz allem ihr eigenes Reich.

Stolz betrat sie den mit Marmorboden ausgelegten Eingangsbereich, grüßte hier und da noch schnell Leute, die sie nicht kannte, und ging dann schnurstracks auf den Fahrstuhl zu. Noch einmal warf sie einen Blick auf ihre Armbanduhr, nur um festzustellen, dass sie schon fünf Minuten über der Zeit war. Toller erster Arbeitstag. Endlich öffnete sich die ersehnte Aufzugstür mit einem »Bing«.

Jennifer stieg ein und da sie schon spät dran war, schien sie auch die Einzige zu sein, die ihn benutzen würde. Also drückte sie auf den Knopf, der die Tür schneller zum Schließen brachte und danach den für den achtzehnten Stock.

Doch kurz bevor die zwei Türen aufeinanderstießen, schob sich ein schwarzer, nasser Männerschuh zwischen diese und sie hielt inne. Kurze Zeit danach öffnete sie sich wieder und der dazugehörige Körper betrat den Aufzug. Jennifer hielt ihren Blick die ganze Zeit über gesenkt. Sie schämte sich, weil sie ja eh schon zu spät dran war. Erst als er neben ihr stand, wurde sie dann doch neugierig. Sie konnte an seiner grauen Anzughose schon erkennen, dass er wahrscheinlich zu denen gehörte, die keinen Schirm dabei gehabt hatten. Sie klebte förmlich an seinen Beinen. Langsam ließ sie den Blick nach oben schweifen. Von der Hose, über sein weißes kurzärmeliges Hemd, das durch die Nässe seine Konturen der Brust wunderbar zur Geltung brachte, bis hin zu seinem markanten Gesicht. Eingerahmt in einem Meer aus schwarzen Haaren, aus denen das Wasser tropfte. Braune Augen starrten auf die Tür, die sich gerade vollkommen schloss. So wie es aussah, wollte er zur gleichen Etage wie sie, denn er machte keine Anstalten, einen Knopf zu drücken. Aber das interessierte Jennifer nicht. Sie war so sehr auf sein Gesicht konzentriert, dass sie nicht einmal bemerkte, wie sich der Fahrstuhl in Bewegung setzte.

Tropfen bahnten sich einen Weg über seine Wange, verweilten kurz an seinem Kinn, um weiter bis über seinem Adamsapfel ins leicht geöffnete Hemd zu laufen. Fasziniert beobachtete sie die Tropfen, die sich aus seinen Haaren lösten, um den gleichen Weg zu nehmen, wie ihre Vorgänger. Sein Gesicht verzog keine Miene, dennoch sah er gerade jetzt total umwerfend aus. Jennifers Herz machte einen unglaublichen Satz, nachdem er schluckte. Das sinnliche Spiel, das sein Adamsapfel unbewusst auslöste, ließ ihr eine Gänsehaut wachsen. Sie beneidete diese Tropfen, die sanft seine Haut berühren durften. Bilder schossen ihr in den Kopf. Bilder, in denen sie die Spur der klaren Flüssigkeit mit ihrer Zunge nachfuhr. Wie er den Hals reckte und sich nach mehr sehnte. Ihre Finger fuhren durch sein nasses Haar, als sie den Ansatz seines Hemdes erreichte und er leise aufstöhnte. Ihr ganzer Körper wurde von einer wohligen Wärme erfasst, die allein sein Stöhnen in ihr auslöste. Ungeduldig fingerte sie an den Knöpfen seines Hemdes. Sie wollte mehr. Mehr sehen und mehr spüren. Seine Brust hob und senkte sich schnell und ihre eigene hatte schon längst seinen Takt erreicht. Den ersten Knopf geöffnet, blieb ihr die Spucke weg. Muskulös und ohne ein Gramm Fett zu viel, blickte ihr seine feuchte Brust entgegen, die sie sogleich berühren musste. Sie zog sie an, wie ein Magnet, der nach seinem gegensätzlichen Pol suchte. Leicht mit den Fingerspitzen fuhr sie die Konturen nach, was ihn ein weiteres Mal zum Aufstöhnen brachte. Aus der wohligen Wärme in ihrem Köper wurde eine quälende Hitze, die sie nicht mehr unter Kontrolle hatte. Sie hatte das Gefühl, als würde sie komplett in Flammen stehen. Wie ein Nimmersatt, machte sie sich an dem nächsten Knopf zu schaffen. Sie wollte alles sehen, mehr von diesem faszinierenden erotischen Anblick, der sie vollkommen um den Verstand brachte. Mit ihren bebenden Lippen fuhr sie die Konturen bis oberhalb seines Sixpacks, dass sie durch den nassen Stoff erkennen konnte und sich sofort anspannte, nach. In ihrer Brust hämmerte es unaufhörlich und ihr ganzer Organismus reagierte auf dieses kleine erotische Spiel. Jennifer hätte es nie für möglich gehalten, einmal ein Dirigent des Liebesspiels zu sein. Trotz allem konnte sie nicht von ihm ablassen. Seine Reize ließen sie unaufhörlich fortschreiten, bis sie auch den letzten Knopf geöffnet hatte und freien Blick auf seinen verführerischen Körper hatte. Ihr stockte der Atem und ihre Brustwarzen bedankten sich mit einem verräterischen Aufstellen. Vor ihr lag alles das, was sie sich je erträumt hatte. Das Sinnbild eines Mannes, das sie um den klaren Verstand brachte. Sie wurde nicht satt, mehr von diesem Adonis zum Vorschein zu bringen. Ihr Körper wollte alles. Alles sehen, alles berühren, alles spüren. Sie wollte auch das letzte Stück Soff von ihm reißen, das zwischen ihm und der Befriedigung ihrer Gelüste stand. Doch bevor es dazu kommen konnte, drehte er den Spieß um.

Seine Hände in ihre langen blonden Haare geschoben, zog er sie nach oben und presste sie an eine Wand des Fahrstuhls. Ihr Atem ging unregelmäßig schnell und ein ersehnendes Stöhnen entglitt ihrer Kehle. Wie von selbst streckte sich ihr Körper ihm sehnsuchtsvoll entgegen. Er wollte Erfüllung. Die Sehnsucht in ihrem Unterleib nach dem Unausweichlichen ließ ihre Pforte der Gelüste vor Entzücken glühen. Seine Lippen glitten ihren Hals entlang bis hin zu ihren Brüsten, die er mit geübten Fingern freigelegt hatte. Seine Zunge umspielte ihre stehenden Warzen bis sie sich ihm noch weiter entgegenstreckten. Gänsehaut und ein schmerzhaftes Verkrampfen ihres Unterleibs bekam er zum Dank von ihr. Jennifer krallte ihre Nägel in seinen Rücken. Sie brauchte einen Ausgleich. Sie hielt es kaum noch aus. Die Lust, die er mit seinem Spiel in ihr weckte, wurde unerträglich. Als seine Hand unter ihren Rock glitt und ihren Lustpol rieb, warf sie voller Entzücken ihren Kopf in den Nacken. Ihr Stöhnen und seine eigenen Empfindungen trieben ihn noch mehr an. Mit der einen Hand rieb er eine Brustwarze zwischen zwei Fingern und mit der anderen drang er in ihre feuchte Höhle ein. Mit seinen Zähnen bearbeitete er die zweite Warze. Jennifer hielt es nicht mehr aus.

Ihr ganzer Körper schrie nach der ersehnten Erfüllung ihrer Lust. Oh Gott, wenn sie nicht endlich Befriedigung bekäme, würde ihr Körper wahrscheinlich explodieren. Ihr schneller Atem und das lustvolle Stöhnen verrieten ihm, dass sie kurz vor dem Höhepunkt stand. Plötzlich hielt er inne und ihr gequälter Blick, ließ ihn wissend lächeln. Wieder drängte sich ihr Körper ihm entgegen und es hielt ihn nichts mehr zurück. Mit geschulten Händen befreite er sein steifes Glied aus seinem Gefängnis. Prachtvoll ragte es ihr entgegen und Jennifer leckte sich genussvoll mit der Zunge über die Lippen. Dieser Anblick übertraf all ihre Erwartungen. Die Hände unter ihren Po hob er sie, angespornt durch ihre aufreizenden Bewegungen, hoch und wie automatisch umklammerten ihre Beine seine Hüften. Sie wollte ihn ganz spüren, sie konnte nicht mehr warten. Langsam führte er seine Eichel an ihre Lustgrotte heran, rieb sie, bis Jennifer ihn aus flehenden Augen ansah. Mit zusammengekniffenen Augen stieß er kraftvoll zu und erreichte ihr tiefstes Inneres. Jennifer schrie lusterfüllt auf und warf den Kopf zurück. Wieder und wieder drang er tief in sie ein, als wäre er ein ausgehungerter Wolf, der seine Beute jagte. Jennifer stöhnte, schrie und warf lustvoll ihren Kopf hin und her. Die Hände von hinten auf ihre Schultern gelegt, drückte er sie, während er zustieß, nach unten, um dadurch noch weiter in sie einzudringen. Jennifer hatte das Gefühl, den Verstand zu verlieren. Nie zuvor hatte sie jemanden gestattet, sie so zu nehmen, wie er es gerade tat. Schweißperlen bildeten sich vor Anstrengung auf seiner Brust. Sein Stöhnen hallte in ihren Ohren, und spornten ihren Körper nur noch mehr an, sich seinem Takt anzupassen. Jennifers Atem beschleunigte sich, ihr Stöhnen wurde hektischer, bis ihr Unterleib Sekunden später, gleichzeitig mit ihm, explosionsartig zur Erfüllung kam. Außer Atem blickte sie in sein befriedigtes

Gesicht, das ihres neugierig fixierte. Noch nie im Leben hatte sie so etwas bisher erlebt. Ihr ganzer Körper bebte. Er ließ von ihr ab und Jennifer hatte Mühe, sich auf ihren zitternden Beinen zu halten. Die Nachwirkungen des gerade Erlebten, hielten sie noch immer gefangen. Und ihr Verstand brauchte wohl noch etwas Zeit, bis er das verarbeitet hatte.

Bis es plötzlich »Bing« machte und Jennifer schnell versuchte, ihre Sachen wieder zu ordnen. Doch zu ihrem Erstaunen war alles noch genau so ordentlich, wie zu dem Zeitpunkt, als sie in den Fahrstuhl gestiegen war. Verwirrt sah sie zu dem Mann, der leicht lächelnd den Fahrstuhl verließ. Oh Gott, war sie schon so untervögelt, dass sie sich das alles nur eingebildet hatte? Sie hatte sogar einen Höhepunkt gehabt, das konnte sie an ihrem nassen Höschen fühlen. Mit zitternden Beinen verließ sie den Fahrstuhl. Nur gut, dass sie diesen Kerl wahrscheinlich nie wiedersehen würde. Total aufgewühlt und noch immer unter den Nachwirkungen leidend, versuchte sie, sich zu beruhigen, und trat an den Tresen, an dem die Empfangsdame sie bereits erwartete. Ihr Puls normalisierte sich endlich wieder und in ihrem Kopf herrschte langsam auch wieder Ordnung, nur ihr Höschen war ihr ziemlich unangenehm.

»Herr Park, erwartet sie bereits«, wies die nette Frau ihr den Weg zu dem Büro ihres neuen Chefs. Sie öffnete die Tür und ließ sie eintreten. Jennifer konnte einen Mann entdecken, der auf seinem Schreibtischstuhl saß und ihr den Rücken zugekehrt hatte.

»Setzten sie sich doch, Frau Cole«, schlug ihr eine Stimme entgegen, die so erotisch klang, wie sie vorher noch keine gehört hatte.

Verwirrt blickte sie auf seinen Rücken, aber tat mit klopfendem Herzen, wie ihr gesagt wurde und nahm auf dem braunen Ledersofa Platz. Sie spielte nervös mit ihren Händen um die Aufregung irgendwie in den Griff zu bekommen.

Dann stand er auf und drehte sich zu ihr. Jennifer blieb der Mund offenstehen und sie sah ihn ungläubig aus großen Augen an, bevor sie mit rasendem Herzen beschämt auf ihre Füße blickte.

Schelmisch grinsend trat er auf sie zu, bückte sich und sah sie unverwandt an. Jennifer hoffte, ein Loch würde sich auftun, in das sie verschwinden könnte. Sie spürte sogar, wie ihre Gesichtsfarbe wechselte.

»Also, wie wäre es, wenn wir Ihre heißen Träume wahr werden lassen, Jennifer?« Er hob ihr Kinn und lachte sie wissend an.

Und damit unterschied sich eine Sache ganz erheblich von einem stinknormalen Montagmorgen.

© Loona Moore

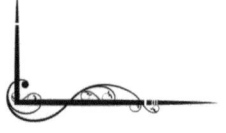

26

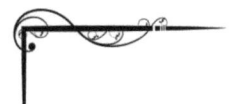

Für immer ...

Langsam senkte sich die Sonne dem Meer entgegen, leise plätschernd brachen sich die Wellen an dem weißen Strand und bildeten die Hintergrundmusik für das Liebesspiel des Paares, welches eng aneinander gekuschelt im Sand lag.

Tief und gierig sah sie in seine dunklen Augen und glitt mit ihren Händen sanft fordernd an seinem Körper entlang.

Sie suchte und fand seine empfindlichste Stelle und streichelte hauchzart wie ein Sommerwind darüber.

Er hatte sich zurückgelehnt und wollte einfach nur genießen, verwöhnt werden.

Sie griff mit einem spitzbübischen Lächeln neben sich und bat ihn, seine Augen zu schließen. Mit einem erwartungsvollen Lächeln tat er, wie ihm geheißen war, und sah so nicht, wie sie eine Pfauenfeder hervorzauberte.

Mit der Feder strich sie zunächst sanft über seine Augen, zeichnete dann die Konturen seines markanten Gesichts nach. Sein Luststab reckte sich ihr entgegen, wollte diese Liebkosungen auch spüren, doch sie entzog ihm immer wieder die Zärtlichkeiten, sobald sie merkte, dass er zu heiß wurde.

Die zärtlich streichelnde Feder ließ sie tiefer gleiten, umkreiste spielerisch seinen Zauberstab. Als sich die ersten Lusttropfen an der violetten Spitze seines Gliedes zeigten, nahm sie die feuchten Perlen sanft mit der Feder auf, was ihm ein wohliges Seufzen entlockte. Ein Lächeln glitt über ihre Lippen, als sie die Feder weiter wandern ließ, an der Innenseite seiner Schenkel entlang, die empfindsame Haut seiner Kniekehlen verwöhnte und sacht seine Fußsohlen kitzelte.

Sie konnte sehen, dass sein gesamter Körper bereits vor Erwartung und Erregung zitterte.

Die Feder vorsichtig beiseitelegend, beugte sie sich vor und näherte sich mit ihren vollen Lippen seinem Freudenspender, benetzte dessen feuchte und vor Lust pulsierende Spitze mit einem zarten Kuss, zog sich aber sofort zurück, als er fordernd sein Becken hob.

Seinem gespannten Leib war anzusehen, dass er diese Tortur nicht mehr lange aushalten würde. Schweißtropfen perlten wie Diamanten der Lust über seine Stirn und seine breite Brust. Sie sog seinen Duft der Erregung und des animalischen Verlangens tief ein und leckte spielerisch einige Schweißtropfen von seinem Bauch.

Stöhnend hob er sein Becken erneut an, wollte mehr von ihr, wollte sie ganz und gar genießen, mit Haut und Haaren. Und endlich schien sie auch ihn erlösen zu wollen.

Ihre streichelnden Finger glitten hinab zu seinem pulsierenden Schwanz und sie begann, sacht seine Eier zu massieren, rollte sie in der Handfläche hin und her, zog leicht daran und kitzelte sie mit ihren langen Fingernägeln.

Sie trieb ihn fast in den Wahnsinn, bereitete ihm lustvolle Qualen und qualvolle Lust.

Er wollte es, er wollte SIE, und gleichzeitig verfluchte er sie, denn um seine Selbstbeherrschung war es schon längst geschehen.

Nach endlos scheinenden Liebkosungen senkte sie langsam ihre feuchten Lippen über ihn, nahm sein bestes Stück in sich auf und zeichnete mit der Zunge fordernd seine Adern nach, erkundete die Landschaft auf seinem Glied, die eine Geschichte des Begehrens und der Ekstase zu erzählen schien.

Er ließ sie immer mehr Besitz von ihm ergreifen, ließ es geschehen, dass sie ihn mit ihrer Begierde verschlang, und in diesem Moment hätte er alles dafür getan, dass sie ihn endlich von dieser süßen Qual erlöste. Sie merkte, dass er nun nicht mehr lange an sich würde halten können, dass ihr Tun, ihr forderndes Liebesspiel, welches ihr so sehr gefiel, ihn an den Rand absoluter Lust getrieben hatte, genau so, wie sie es wollte und bevorzugte.

Ihr warmer Mund löste sich langsam von seinem Zauberstab, mit einem genüsslichen Lächeln fuhr sie mit der Zunge über ihre Lippen und kostete von seinem Nektar der Gier.

Sanft küsste sie ihn auf die immer noch geschlossenen Augen und hob dann ein Bein an, um sich langsam und genießerisch auf seinen harten und vor Lust glänzenden Stab zu setzen.

Mit einem sanften Ruck versenkte sie ihn in ihrer brennenden Lustgrotte, die nur darauf gewartet hatte, endlich gefüllt zu werden, die vor Erregung schon feucht und heiß war, von ihrem Liebesspiel mit seinem Körper aufs Höchste gereizt und bisher doch unberührt geblieben.

Ihr wundervoller Leib bewegte sich kaum, nur ihre Muskeln zogen sich rhythmisch um seinen Schwanz zusammen, der heftig in ihr pulsierte.

Ganz leicht nur bewegte sie ihr Becken auf und ab, ließ ansonsten ihre innere Massage seine Begierde in neue, ungekannte Höhen steigen.

Ihre Brust hob und senkte sich vor steigender Erregung, Schweißperlen rannen über ihre vollen Brüste, tropften auf seinen Bauch und vermischten sich dort mit seinen Zeichen der Lust.

Ihr Rücken war durchgedrückt, ihr Kopf lag im Nacken, sodass ihr langes, rotschwarzes Haar sanft über ihren festen Po strich.

Ihre Hände glitten fordernd über seinen Bauch, krallten sich ekstatisch in sein Brusthaar, und dieser süße Schmerz ließ ihn endlich die Augen öffnen.

So betrachtete er, wie sie sich behutsam, aber bestimmt auf seinem Schoß hin und her bewegte, im Rhythmus einer lustvollen Melodie, die nur sie zu hören schien. Ihr Leib war wie ein Fanal der Begierde im Dunkel der

Nacht, glänzend vor Schweiß und vibrierend vor Leidenschaft. Ihre Augen waren geschlossen, ihre Lippen, die ihn eben noch so sanft gemartert hatten, halb geöffnet, Platz machend für leise Stöhnlaute und heftiges Atmen.

Der Anblick erregte ihn so sehr. Er griff nach ihren Brüsten, nahm die Hitze, die sie ausstrahlten, in sich auf, und massierte sanft die harten Knospen, die sich ihm verlangend entgegenstreckten.

Aus ihrem leisen Stöhnen wurden kleine, spitze Schreie des Verlangens, wild warf sie den Kopf vor und zurück, steigerte das Tempo ihres lustvollen Ritts, trieb sich und ihn immer weiter voran, wollte ihn tief in sich spüren, von seinem harten, pulsierenden Schaft tief und fest gestoßen werden, wollte seine Lust, seine Leidenschaft und seinen wilden Sex spüren – und mit einem wilden Schrei der Ekstase entlud sich die lange aufgestaute Begierde in einer Kaskade von orgiastischen Stößen.

Ihre beiden Leiber verschmolzen zu einem einzigen Bündel ungezügelter Gier, erbebten im Gleichklang unvorstellbarer Ekstase und schienen sich nie mehr trennen zu wollen.

Ewigkeiten schien es zu dauern, bis die Lust wieder abklang, bis die brennende Leidenschaft einem Gefühl wohliger Ermattung wich, sich die zwei Körper voneinander trennten, die zwei Seelen aber in wissender Harmonie der Liebe vereint blieben.

Für immer …

© Azrael ap Cwanderay

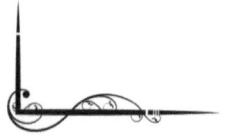

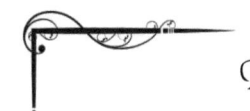

Ein ziemlich heißer Job
(Leseprobe)

Sunny Rost beugt sich über den Tisch und ich bekomme vollen Einblick in ihren Ausschnitt. Weiche, volle Brüste, sanft wiegend in den Schalen des schwarzen BHs. »Die Frage nach der Bezahlung ist unmittelbar abhängig von der Frage, ob wir Sie überhaupt einstellen können – und ob Sie das gleich noch wollen. Darf ich Ihnen eine ganz konkrete Frage stellen?« Ich lecke über meine trockenen Lippen und nicke wieder.

»Vögeln Sie gerne?« Die Frage ist für sich genommen schon irgendwie peinlich, ja, und ich fühle mich auch ein bisschen komisch. Aber am peinlichsten ist mir, dass ich am liebsten ‚Ja, hier, jetzt sofort' schreien und meine Kleider herunterreißen möchte. Stattdessen quieke ich: »Ich bin doch keine Nutte«, und starre Sunny Rost weiter mit offenem Mund an.

»Das ist auch nicht die Idee dahinter.« Sunny Rost lehnt sich in ihrem Stuhl zurück und lächelt mich beruhigend an. »Alle hier in der Firma lieben Sex. Und wir finden, dass es das beste überhaupt ist, wenn die Arbeit mal nicht so flutscht, wenn du Kopfschmerzen hast, oder schlechte Laune...«

»Oder Probleme mit dem Partner«, falle ich ihr spontan ins Wort.

Sie lacht herzhaft. »Partnerschaften außerhalb der Firma haben hier die wenigsten, so tolerant ist da draußen kaum jemand. Meine Großmutter war ein Hippie, und sie hat immer das Prinzip der völlig freien Liebe vertreten, ohne Zwang und nur aus der Lust heraus. Alle vögeln freiwillig mit wem auch immer sie wollen. Es ist auch völlig okay, wenn es sich jemand lieber selbst besorgt, auch wenn andere vielleicht gerne mitspielen würden.

Wir haben großen Respekt vor den individuellen Entscheidungen.« Ich starre noch immer.

Sunny zieht abschätzend eine Braue hoch. »Wir stellen natürlich nur jemand ein, der Sex genauso locker und als natürlich sieht. Es wäre doch schade, wenn unsere Neuen am Rande stehen würde. Es käme gar kein Gemeinschaftsgefühl auf. Nein, in dem Fall würde keine Seite glücklich und die Arbeitsergebnisse würden leiden.«

Jetzt kommt sie zu mir herum und lehnt sich vor mir gegen die Tischkante. Wieder muss ich schlucken. Wann zum Teufel ist mir der Mund so wüstenmäßig ausgetrocknet?

Sie legt mir die Hand unter das Kinn und lenkt meinen Blick von ihrem Schlitz weg nach oben. »Kannst du dir vorstellen, bei uns zu arbeiten?« Ihr Daumen streichelt über meine Lippen.

Ich kann nur nicken. Meine Zunge stupst gegen ihren Daumen und gierig öffne ich den Mund. Sunny beugt sich herunter und saugt zärtlich an meiner Unterlippe. Ich spüre, wie ihre Zunge sich meiner nähert und kralle meine Finger vor Vorfreude in ihre Jacke. Ihre Zungenspitze berührt meine und wie ich erwartet habe, fährt mir die Lust wie ein Stromschlag von den empfindlichen Nerven aus durch den ganzen Körper und lässt meine Möse lodern. Ich stöhne laut vor Lust und stehe auf, um Sunny an mich heranzuziehen und meinen ersten Orgasmus dicht an ihrer Muschi noch intensiver zu fühlen. Ich schlinge die Arme um ihre Taille und presse meinen bebenden Körper an ihren, bis die erste Welle vorüber ist. Mein Lustwasser läuft an meinen Beinen herunter und tropft auf den Boden. Sie schiebt meinen Rock hoch und den Slip herunter. Ihre Finger streicheln meine Spalte entlang und dringen in mein Loch ein. Ich zucke wieder wie unter Stromschlägen und öffne die Beine noch weiter. Sunnys Finger stoßen immer schneller und das sinnliche Schmatzen, mit dem sie sich in meinem Lustwasser bewegt, macht mich noch heißer. Ich komme laut schreiend ein weiteres Mal und küsse sie in die Halsbeuge. »Revanche«, flüstere ich heiser und öffne ihren Rock.

Sie setzt sich auf den Tisch, stützt sich rücklings auf ihren Ellenbogen ab und spreizt die Beine, so dass ich in ihre duftende Möse abtauchen kann. Ich küsse ihren Venushügel und wandere mit den Lippen an dem weichen Fleisch am Inneren ihrer Schenkel entlang, lecke innig wieder nach oben und züngele an ihren Pobacken. Dabei verwöhne ich ihre hintere Spalte mit zarten Zungenschlägen, bis Sunny sich unter mir windet und nach mehr bettelt. Dann lecke ich sie mit der vollen Breite meiner Zunge in ihrer Spalte, lasse meine Zungenspitze ein paar Mal schnell auf ihrem Kitzler tanzen und lecke dann wieder hinunter, bis ich ihr Knöpfchen im Mund habe. Ich sauge und lecke abwechselnd, sie bettelt und wimmert und kommt dann mit solcher Wucht, dass mir ihr Liebeswasser auf die Zunge spritzt. Das erregt mich so, dass ich mein eigenes Knöpfchen zwischen meinen Fingern drehe und mit lautem Keuchen meinen Orgasmus in ihre Möse atme.

Ich bleibe noch einen Moment mit dem Gesicht in ihrer Muschi und atme ihren Duft ein. Dann richte ich mich tief atmend auf und Sunny gleitet vom Tisch herunter. Sie lächelt zufrieden und greift nach ihrem Rock, der zwischen uns auf dem Boden liegt. Ich ziehe meinen eigenen Rock wieder herunter und zupfe meine Bluse zurecht.

»Ich schlage vor, du lernst jetzt die Familie kennen und wir unterschreiben den Vertrag.«

© Aylena Hollander

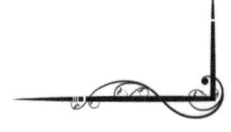

Glühwürmchenzeit

Ein Picknick inmitten von bunten Blütenreigen,
nur wir allein unter knorrigen Haselnusszweigen.
Genießen möchte ich dich und den süßen Rosentee,
kosten von deinem roten Mund und dem Erdbeergelee.

Verlegen spiele ich herum mit einem Zuckerhut.
Du kannst nicht spüren meine verlangende Glut.
Nun sitze ich wie auf Kohlen mit trockener Kehle,
besitzt du schon mein Herz oder ich deine Seele?

Ein neugieriger Schmetterling findet ihn schick,
dein Ausschnitt gefällt ihm, hat der ein Glück.
Liegt es am Frühling, an deinem hungrigen Blick?
Schon rücke ich näher, nur ein winziges Stück.

Zögernd wandert die tastende Hand im lauen Wind
deine Haut ist weich wie bei einem kleinen Kind.
Nur aus einem Hauch scheint dein Kleid zu sein,
sag mir doch, ist deine Zurückhaltung nur Schein?

Fielen mir Zeilen ein wie einem großen Dichter,
schriebe ich über Küsse und Glühwürmchenlichter.
Lass uns bauen unsere Welt, hier im Sonnenschein!
Wie glücklich wäre ich, blieben wir noch allein.

© Sunny Claire

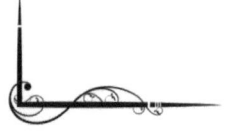

Simon & Jonas

Diese kleine Szene wurde exklusiv für die Anthologie ›Wald der Lüste‹ verfasst. Sie ist kein Bestandteil der Hauptgeschichte.

Ich öffne meine Augen, schaue in Simons wunderschönes Gesicht. Nach den ganzen Dingen, welche in den letzten Wochen passiert sind, sowie dem Krankenhausaufenthalt, haben wir uns freigenommen, schlafen endlich einmal aus. Einfach nichts tun, einfach alles von einem abfallen lassen. Während ich ihn anschaue, öffnet er seine graublauen Augen und lächelt mir liebevoll in mein Gesicht.

»Du bist ja schon wach, Kleiner«, sagt er leise. Ich gebe ihm einen Kuss auf die Lippen.

»Ich mag es, dich anzuschauen. Deine neuen Narben machen dich unheimlich sexy«, raune ich ihm zu. Er hievt mich auf sich. Anschließend fährt er mit seinem Daumen über meine Augenbraue.

»Deine Narbe ist auch sehr schön«, sagt er, schmunzelt mich liebevoll an. Ich lasse mich nun ganz auf ihn fallen, atme tief seinen Duft ein. Er streichelt durch mein blaues, kurzes Haar und ich höre ihn ebenfalls tief Luft holen.

»Ich bin so froh, dass dir nichts passiert ist, Jonas«, haucht er mir in mein Ohr. Ich hebe meinen Kopf, um ihm in die Augen zu blicken.

»Was hältst du davon, wenn wir ein wenig rausfahren?«, raunt er mir zu.

Ich mache mich schwerer auf dem alten Mann.

»Wir könnten aber auch hier ein wenig Spaß haben, Simon«, gebe ich mit einem Grinsen zurück. Er presst

mit einer Hand meinen Kopf an seinen, nur einen Moment später stimmen unsere Zungen gemeinsam einen innigen Tanz ein. Dabei erkunden Simons Hände meinen gesamten Körper, ich spüre, wie sein Glied hart gegen meinen Hintern drückt. Ich greife nach hinten, um seinen Schwanz zu positionieren, doch Simon bricht ab.

»Lass uns das doch ein wenig genießen«, sagt er liebevoll, greift gleichzeitig zu seinem Handy.

»Guten Morgen, ich hätte gerne ein Taxi. In einer Stunde. Danke sehr«, höre ich ihn sagen, anschließend legt er auf.

»Ein Taxi?«, frage ich verwirrt.

»Ein besonderes Taxi«, raunt er mir zu, küsst mich wieder fest, während sein Schwanz erneut an meinem Hintern pocht.

Simon hat mich gebeten, vorweg schon duschen zu gehen. Ich muss gestehen, dass ich ein wenig schmollig bin, dass wir nicht doch ein wenig Spaß im Bett hatten. Mein Finger fährt über meine noch recht frische, zarte Narbe auf meiner Oberkörpermitte, hinunter zu meinem immer noch harten Stab, als die Tür aufgeht und ich mich so sehr erschrecke, dass ich einen Wasserschwall zur Tür schlage.

»Hey, pass doch auf, Kleiner. Und Pfoten weg vom Schwanz, der gehört mir«, sagt Simon gespielt schockiert, steigt jedoch sofort unter die Dusche.

Er steht nun hinter mir, presst mich an sich heran. Sein warmer Körper schmiegt sich an meinen, saugt begierig die Nähe auf. Ich höre ein knackendes Geräusch, anschließend spüre ich eine kurze Kälte auf meinem Rücken, gefolgt von dem Duft eines Duschgels. Simon wäscht mir liebevoll den gesamten Rücken, massiert mir den Hintern. Dabei lässt er auch meine Rosette nicht aus. Ich muss leicht aufstöhnen.

Doch gerade als ich es zu genießen beginne, hört er auf, schnappt sich den Duschkopf und spült mich ab.

»Das Taxi kommt gleich. Also zieh dir was an«, wirft er mir die Worte zu und schubst mich aus der Dusche. Unverständlich brummele ich etwas in mich hinein.

»Wie bitte?«, fragt Simon mit einem frechen Unterton, zieht eine seiner Augenbrauchen hoch.

»Nichts«, brummel ich zurück, begebe mich lieber ins Wohnzimmer. Auf der, wohl nie eingeklappten Couch, liegen Klamotten für mich.

Ein zu großes Hemd, eine neue Unterhose und eine ziemlich kurze Jeans. Eigentlich nicht so mein Stil, aber was solls. Die Unterhose liegt wahnsinnig eng an, ich kann jeden Zentimeter meines Schwanzes sehen und die Jeans ist auch nicht gerade locker. Nur das Hemd ist nicht neu. Das ist das Hemd, was ich an dem ersten Abend hier getragen habe. Unweigerlich beginne ich zu schmunzeln.

»Heiß«, kommt es von hinten. Ich drehe mich um. Simon steht nackt vor mir, trocknet sich ab. Dabei grinst er frech und geht schnurstracks an mir vorbei. Ich folge ihm mit meinem Blick, sehe die ganzen Narben auf seinem Rücken und seinem Hintern.

»Die Klinge war echt scharf«, flüster ich in mich hinein.

»Was hast du gesagt? Du nuschelst die ganze Zeit«, höre ich seine brummige Stimme aus dem Türrahmen zum Schlafzimmer.

»Nichts«, nörgele ich zurück, warte darauf, dass Simon aus dem Zimmer kommt, was nicht lange dauert. Er trägt eine enge, dunkelblaue Jeans und ein Hemd, das sehr eng an seinem Oberkörper liegt. Seine Haare sind wie gewohnt kurz und verwuschelt, sein Bart ist wie immer in der Drei-Tage-Variante zu erkennen. Ich will ihn. Jetzt!

Simon kommt auf mich zu, umarmt mich. Dabei schaue ich ihm in die schönen Augen hinauf.

»Warte ab. Du kommst heut noch zum Schuss«, flüstert er mir mit einem Grinsen zu, drückt mir einen Kuss auf die Stirn. Anschließend packt er meine linke Hand, mit seiner rechten steckt er seine Brieftasche ein. Er zerrt mich in den Flur, wo wir beide unsere Schuhe anziehen, bevor er die Tür öffnet. Nachdem Simon alles verriegelt hat, verlassen wir das Gebäude.

»Kein Taxi zu sehen«, sage ich etwas genervt, schaue mich weiter um.

»Doch ... da«, sagt Simon und zeigt auf einen schwarzen Wagen, welcher eher an einen breiteren, längeren Bully erinnert. Allerdings in einer eleganten Variante.

»Los rein da«, sagt er, schubst mich sanft hinein.

Die Ausstattung ist eher edel gehalten. Eine große Liegefläche wurde verbaut. Ein kleiner Kühlschrank ist hinter dem Fahrersitz zu finden.

»Guten Morgen«, sagt Simon zum Fahrer. Dieser nickt und ich muss schmunzeln, als ich erkenne, wer es ist.

»Guten Morgen, Leroy«, begrüße ich den muskulösen Schrank. Ein sanfter Stoß lässt mich auf die Liegefläche fallen, welche ungewöhnlich weich ist. Anschließend schließt Simon die Tür, krabbelt mir hinterher. Als der Motor startet, setzt sich das Auto einen Moment später in Bewegung.

»Er ist heut lediglich Zuschauer«, raunt er mir zu, während er zuerst meine Ohren küsst, zum Hals hinunter.

Jonas liegt nun unter mir, ich spüre jeden Atemzug des Kleinen. Ich lecke über seinen Hals und er atmet mit jeder neuen Berührung schwer auf. Gestern habe ich bereits mit Leroy gesprochen, dies alles für mich zu organisieren.

Ich wollte unbedingt etwas Besonderes für den Kleinen schaffen, nach dem diese seltsame Zeit endlich überstanden ist. Meinen Kopf hebe ich leicht an, schaue mir Jonas an. Er wirkt in meinem Hemd verloren. Ich lasse meine linke Hand unter das Hemd gleiten. Dabei schaut er mich unheimlich verliebt an und der Groll, welchen er bis eben noch gehegt hat, ist vollends verschwunden.

»Wie geht es dir, Kleiner«, raune ich ihm zu. Seine hellen Augen beginnen ein wenig zu strahlen. Er beugt sich auf, stützt sich auf seine Ellenbogen und schaut mich herausfordernd an.

»Finde es heraus«, sagt er frech, zieht dabei einen Mundwinkel hoch. Bestimmt drücke ich ihn mit meiner Linken runter, senke meinen Kopf zu ihm herab. Wir beginnen uns intensiv zu küssen, meine linke Hand berührt dabei jeden Millimeter seines Oberkörpers. Mit meinen Fingerspitzen kneife ich leicht seine Nippel. Ein schweres Atmen signalisiert mir, dass es ihm gefällt. Seine Küsse werden immer wilder. Ich löse mich von seinen Lippen, beuge mich mit meinem Körper über Jonas. Anschließend senke ich meinen Kopf zu seinem Hals, küsse mich langsam herab zu seinem Oberkörper.

Mein Atem erhitzt dabei den Stoff, die Wärme dringt hindurch zu seiner Haut. Bei seinen Nippeln angekommen, umkreise ich sie mit meiner Zunge, befeuchte somit auch den Stoff des zu groß geratenen Hemdes. Meine rechte Hand wandert über seine Körperseite hinunter zu seinem Hintern, streichelt ihn, während meine Zunge weiterhin seine Nippel liebkost. Ich lasse meine Zunge nun weiter runter wandern, bis ich an der kurzen Jeans ankomme, auf welcher sich bereits Jonas' Geilheit Zentimeter für Zentimeter abzeichnet.

Mit meiner Hand massiere ich seinen Luststab, sorge dafür, dass dieser durch die enge Jeans noch besser zu erkennen ist. Bei jeder festen Berührung bäumt sich der

Kleine auf. Ich greife fest seine Eier. Meine Zunge gleitet nun über den Stoff, fährt die gesamte Länge von seinem Schwanz ab, während meine Hand unbeirrt die Eier fest streichelt. Er ist unheimlich erregt von dem Spiel und stöhnt immer wieder laut auf.

»Simon«, ächzt er heiser auf. Ich massiere mit meiner Hand seinen Stab durch den Stoff. Dabei fällt mir auf, wie seine Schwanzspitze sich durch den Hosenbund drückt. Ich hebe den Bund leicht an, sodass seine Eichel herausschaut, höre dabei aber nicht auf, seinen Stab weiter zu massieren. Seine Eichel, die bereits trieft, umspiele ich nun mit meiner Zunge.

»Hör auf, Simon. Ich ... ahhh.« Unterdrückt stöhnt er laut auf und ein Schwall seines heißen Spermas kommt aus seinem Rohr geschossen. Ich schaue zu, wie aus seinem Schwanz mehrere Stöße der Sahne herausschießen und streichele ihn dabei sanft weiter, bis er aufhört. Jonas atmet schwer und sein Sperma sammelt sich auf dem Hemd zu einem kleinen See.

Meine Hände knöpfen flink sein Hemd auf, lassen es zu den Seiten gleiten. Anschließend lege ich mich auf Jonas, schaue ihm dabei fest in die Augen.

»Und? Etwas erleichtert?«, frage ich ihn verliebt.

»Ja. Aber jetzt hast du das Hemd versaut«, antwortet er neckisch und grinst mich an.

»Ich hab dich eh lieber nackt vor mir«, raune ich ihm zu und richte mich auf. Sofort spielen Jonas Finger an meinem Hemd, öffnen jeden Knopf. Als es offen ist, lege ich mich wieder auf ihn und unsere nackten Oberkörper tauschen Wärme aus.

»So ist viel besser«, raunt er und küsst mich innig. Jonas streift mir das Hemd von den Schultern, fährt mir dabei mit seinen Händen über den Rücken.

Seine hellen Augen fixieren mich und er schiebt mich von sich weg. Anschließend drückt er mich zur Seite und ich lasse mich auf den Rücken fallen. Jonas setzt sich auf meine Hüfte, beugt sich zu mir vor. Seine Lippen berühren sanft meine Stirn, meine Nase und verharren einen Moment bei meinen Lippen. Das Zungenspiel scheint auch ihn wieder in Wallung zu bringen. Als er sich kurz aufsetzt, sehe ich seine Schwanzspitze wieder über den Bund schauen.

»Die Hose ist echt eine Zumutung«, sagt er gespielt schockiert. Ich greife nach seiner Spitze, massiere diese sanft, als er beginnt meine Nippel mit Daumen und Zeigefinger zu bearbeiten. Seine Eichel scheint empfindlich zu sein. Sobald ich die Massage etwas intensiver durchführe, zuckt er sofort zusammen.

Er entzieht mir seine Spitze, beugt sich weiter nach vorn, um meinen Oberkörper zu küssen, zu lecken und um meine Nippel mit seiner Zunge zu umkreisen. Dabei streichele ich durch seine Haare, stöhne etwas auf. Er senkt seinen Körper weiter und bleibt mit seinem Gesicht über meinem Schritt stehen. Seine Hände beginnen an dem Knopf meiner Hose zu hantieren und ich lege meine Pranke auf seine drauf.

»Noch nicht«, grummele ich lächelnd.

»Wie du mir, so ich dir«, sagt er verschmitzt.

»Dann mach es auch wie ich«, erwidere ich lüstern. Er scheint zu verstehen. Mein Blick fällt auf seinen hochgehobenen Hintern, welcher wahnsinnig lecker in dieser knappen Hose aussieht, während er mit seiner Zunge über mein Glied fährt. Ab und zu beißt er auch mit seinen Zähnen leicht zu, sodass mich der Druck aufstöhnen lässt.

Jonas genießt es sichtlich, meinen Stab, durch die Jeans, zu bearbeiten. Er reibt mit seiner Hand über die gesamte Länge meines Glieds und wird dabei immer wieder ein wenig gröber. Ich schnaufe mehrmals und er deutet es so, dass es mir gefällt. Und er hat Recht. Immer

wieder wechselt er zwischen beißen und festem reiben, was mich wahnsinnig macht. Ich greife mit meiner Hand in die Hose, richte meinen Prügel so aus, dass auch hier etwas mehr wie die Spitze aus dem Bund schaut.

Sofort umgreift Jonas die Eichel mit Daumen und Zeigefinger, hebt sie etwas an, beginnt sie genüsslich mit der Zunge zu umspielen und daran zu saugen. Ich versuche, es zu genießen, doch ich spüre, wie es mir kommt. Zu ihm hinunterschauend, stöhne ich brunftartig auf und entlade mich in seinen Mund. Gierig schluckt er jeden Tropfen, leckt das Stück anschließend sauber. Als nichts mehr aus meinem Schwanz kommt, robbt der Kleine zu mir hoch und legt sich neben mich.

»Lecker Frühstück«, sagt er und leckt sich noch einmal über die Lippen.

»Hast du mir was übrig gelassen?«, frage ich. Er schüttelt den Kopf. Sofort schnelle ich über ihn und mache mich schwer.

»Ich find schon was«, brumme ich grinsend und küsse ihn. Meine Zunge umspielt seine liebevoll und mein eigener Geschmack beginnt mich wieder wuschig zu machen, als eine Stimme uns unterbricht.

»Wie sind da«, sagt der Panzer, welcher den Wagen steuert. Ich schaue in sein grinsendes, leicht verschwitztes Gesicht und hechte nach vorn. Er hält seinen dicken Schwanz in der Hand, welcher total verklebt ist vom vielen Sperma.

»Du konntest es nicht lassen, oder?«, sage ich gespielt genervt, grinse ihn dabei an. Zufrieden brummend, zuckt er mit der Schulter und grinst zurück.

»Danke«, sage ich, richte mich wieder an Jonas.

»Gib mir deine Hand«, sage ich, während ich ihm die linke hinhalte und mit der rechten die Autotür öffne.

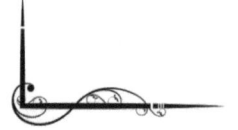

Ich greife Simons Pranke und er will mich schwungvoll aus dem Auto mitziehen.

»Moment mal. Ich bin halb nackt«, sage ich etwas lauter.

»Nun hab dich nicht so«, brummt er, hebt kurz wieder die Augenbrauen. Ich lasse mich nun mitschwingen und werde ein wenig von der Sonne geblendet. Als die Sicht wieder normal wird, stehe ich in einem Wald und höre hinter mir, dass der Motor startet. Mich umdrehend sehe ich, dass Leroy mit dem Wagen verschwindet. Zwei schwere Arme klammern sich an mich.

»Jetzt sind wir endlich allein«, haucht mir Simon ins Ohr. In seinen Armen drehe ich mich zu ihm herum, schaue in seine blaugrauen Augen. Er grinst, lässt mich los, packt meine Hand und führt mich durch den Wald.

»Wo willst du hin?«, hechel ich, doch er gibt keine Antwort.

Nach wenigen Minuten stehen wir vor einem See, vor dem eine Decke mit diversen Lebensmittel und Getränken steht.

»Überrascht?«, brummt es neben mir. Ich muss nicken.

»Aber warum?«, frage ich und schau zu seinem Gesicht hoch.

»Du hast gesehen, wie schnell ein Leben zu Ende sein kann. Daher sollte man jede Sekunde genießen. Außerdem ...«, sagt er und holt tief Luft, bevor er mich in die Höhe hebt.

»Ich muss mich noch bei meinem Beschützer bedanken«, ergänzt er mit einem fröhlichen Lachen, während er mich zur Decke trägt. Vor der Decke friemel ich meine Schuhe von meinen Füßen und Simon stellt mich auf den Platz. Er geht in die Knie, öffnet meine Hose und zieht sie herunter.

Anschließend öffnet er seine Hose, welche er ebenfalls auszieht. Zu meiner Überraschung hat auch er eine enge Unterhose an, was normalerweise so gar nicht sein Ding ist.

»Ich denke, du kannst Unterhosen nicht leiden?«, frage ich und starre auf die wirklich dicke Beule. Er fährt mit seinen Händen über seinen leicht behaarten Oberkörper.

»Wie lange willst du ihn noch anstarren. Pass auf, nachher wird er noch wach«, sagt er gespielt schockiert. Simon packt meine Hand und zerrt mich zum See. Das Wasser spritzt zu allein Seiten, als wir hineinwaten. Simon taucht kurz ab, um seinen Körper nass zu machen. Als er wieder auftaucht, wirkt er wie ein kleiner Junge. Die nassen Haare machen ihn viele Jahre jünger. Ich wate hinter ihm und fahre mit der Hand über seinen Rücken.

Kurz baut sich Hass gegen diesen Menschen auf, der ihm die ganzen Narben zugefügt auf und Simon scheint dies auch zu merken.

»Hey, Kleiner. Es ist vorbei«, sagt er, als er sich umdreht und mich an sich drückt.

»Aber ... «, setze ich an. Er beugt sich für einen Kuss hinunter. Ich umarme ihn, während meine Zunge mit seiner spielt.

»Kein aber, Jonas. Hör auf zurückzuschauen. Das bringt nichts und du verschwendest die schöne Zeit, welche wir heute haben«, unterbricht er den Kuss kurz. Er streichelt dabei meinen Rücken und die Narben, welche mir mein Stiefvater zugefügt hat. Auch nach so vielen Monaten ist mir das noch ein wenig unangenehm. Dennoch lasse ich es zu.

An meinem Bauch spüre ich, wie Simons Glied wächst, angeheizt durch den Kuss. Ich greife mit meiner Hand unter seine Hose und massiere leicht seinen Hintern. Sein Kuss wird daraufhin intensiver und ich knete weiter.

»Mach das nicht, Kleiner«, droht er mir und setzt den Kuss fort, während er mich noch fester an sich heran drückt. Sein Schwanz wird dadurch noch mehr an meinen Bauch gepresst. Meine Massage intensiviert sich und ich fahre mit meinen Fingern die Rosette von Simon an. Durch seine Nase schnauft er erregt auf, als die Finger beginnen, sie zu umkreisen. Sein Schwanz pulsiert ununterbrochen.

Simon packt mich an meinen Schultern und drückt mich weg. Er geht in einen etwas flacheren Bereich zurück und legt sich ins Wasser. Der Wasserspiegel ist auf Höhe seiner seitlichen Körpermitte. Ich folge ihm und lege mich auf ihn drauf. Meine Küsse übersäen ihn vom Mund, über seinen Hals, zu seiner Brust. Mit der Zunge umspiele ich seine Nippel, entlocke ihm so ein zartes Stöhnen.

Mein Kopf bewegt sich weiter hinab und bleibt über seiner Beule hängen. Sanft massiere ich sie mit meinen Händen und jeder Berührung folgt meine Zunge hinterher. Ein Blick in sein Gesicht zeigt, dass er mich liebevoll, aber auch unheimlich lüstern, anschaut. Seine Unterlippe ist zwischen seinen Zähnen gefangen, während ich seinen Stab so richte, dass er aus dem Bund herausschaut. Ich packe mit meinen Händen den Bund seiner Unterhose, ziehe sie von seinem Körper ab, werfe sie an das Ufer des Sees. Sein Schwanz ist hart und ich greife ihn mit meiner Hand, um ihn tief in meinem Rachen zu versenken. Mit jeder Bewegung stöhnt Simon mehr auf und packt meinen Kopf. Mit Nachdruck presst er ihn hinunter zu seinem Stab. Ich genieße es, dass er meinen Rachen fickt, hoffe darauf, dass er sich in mir entlädt.

Als er immer heftiger aufstöhnt, bricht er ab und schaut in mein Gesicht. Ich spüre, wie Speichel aus meinem Mund hinab zu seinem Schwanz läuft.

»Du bist echt geil«, brummt er mich an und geht auf alle Viere.

»Mach da weiter, wo du eben aufgehört hast«, sagt er mit seiner tiefen Stimme. Mit meinen Fingern kreise ich um seine vor mir liegende Rosette und genieße jedes schwere Atmen meines Freundes. Mein Gesicht nähert sich seinem

Arsch und die Zunge beginnt die Finger abzulösen. Mit meiner rechten Hand beginne ich, seinen großen Riemen zu bearbeiten, während meine Zunge langsam sein Loch fickt. Simon lässt seinen Oberkörper ins Wasser sinken und stöhnt dabei immer wieder auf.

In meiner Hose wird es ungemütlich eng und ich unterbreche das Lecken. Nachdem ich mich der Hose entledigt habe, schmiere ich meinen Vorsaft über meinen Schwanz und setze diesen vorsichtig an Simons Arsch. Zu seinem Kopf schauend, warte ich auf sein Nicken, welches auch sehr zügig folgt.

Mit meiner Eichel dringe ich langsam in das Loch von Simon ein, was er mit einem Luftholen zwischen den Zähnen begleitet. Ich harre einen Moment aus, nur um anschließend ein paar Zentimeter nachzulegen. Kurze Zeit später bin ich komplett in seinem Hintern, ficke ihn langsam. Sein enges Loch massiert meinen Prügel und ich komme vor Aufregung leicht ins Schwitzen.

Immer wieder durchbohrt mein harter Schwanz Simon, welcher immer wieder aufschnauft. Ich spüre, wie seine Hand unter ihm hindurch, zu meinem Sack greift und mit diesem spielt.

»Simon. Nicht«, stöhne ich, weil mich das noch mehr erregt. Er intensiviert die Spiele und massiert meine Eier leicht. Brunftartig stöhne ich auf und ziehe schnell meinen Schwanz aus seinem Arsch. Meine Sahne ergießt sich über seinen Hintern und läuft zielstrebig zu seinem Loch. Weitere Schübe verteile ich direkt davor. Simons Finger gleiten durch den Schleim, direkt in sein Loch. Ich setze meinen Schwanz noch einmal an und stoße einige Male kräftig zu. Anschließend lasse ich mich neben ihn ins Wasser fallen, und es bedeckt mich fast vollständig, sodass ich mich auf den Ellenbogen abstützen muss.

»Eigentlich war das für später geplant«, lächelt er mich an, als er sich ebenfalls umdreht. Sein Schwanz ist immer noch hart und ich will mich auf ihn stürzen. Simon schubst mich ein Stück weg, küsst mich anschließend.

»Komm mit«, raunt er mir zu und steht auf. Seine Hand greifend folge ich ihm auf die Decke und er öffnet eine Flasche Bier für mich, welche er mir reicht. Ich weiß nicht, ob er es aus Absicht macht, aber sein Glied schwingt dabei immer auffällig hin und her. Es macht mich wahnsinnig.

»Auf uns«, sagt er und hält mir seine Bierflasche hin. Ein klingendes Geräusch bestätigt unser Anstoßen. Wir genießen die Sonne bei gutem Essen und dem Bier.

Junge Leute haben es immer so eilig. Der Kleine wollte mir sofort Erleichterung verschaffen, als er sich auf und in meinem Arsch erleichtert hat. Inzwischen ist es Nachmittag und die Sonne steht schon tief am Horizont. Wir liegen beide auf der Decke, genießen die Ruhe des Sees. Langsam robbe ich an Jonas heran, lege mich auf die Seite und stütze meinen Kopf mit der linken Hand ab. Meine Rechte streichelt von seinem Schenkel über seinen gesamten Körper. Ein wohliges Brummen zeigt, dass Jonas die Berührung genießt.

»Was denkst du gerade, Jonas?«, frage ich, während meine Hand wieder zu seinem Schoß fährt.

»Nichts. Nur daran, dass wir beide nun endlich Ruhe haben und es genießen können«, antwortet er schon fast flüsternd. Meine Hand vergräbt sich zwischen seinen Schenkeln und er winkelt seine Beine leicht an. Sein Gesicht ist nun auf mich gerichtet und seine hellen Augen funkeln mich an. Während ich zum Kuss ansetze, streicheln meine Finger die Eier des Kleinen.

»Ich liebe dich, Jonas«, sage ich, registriere ein sanftes Lächeln auf seinen Lippen.

»Beweise es«, sagt er neckisch und macht die Beine breiter. Meine Finger haben Zugang zu seiner Rosette und sofort dringt einer leicht ein. Sein Gesicht zeigt die volle Lust, welche er gerade empfindet und seine Zunge leckt seine Lippen.

Ich rutsche mit meinem Körper hinab und mein Kopf liegt nun vor seinem Hintern. Mit den Händen hebe ich ihn etwas an, lecke ihn intensiv, wie er es gerne hat. Er krallt sich mit seinen Händen in die Decke und man hört, wie er dabei Grashalme abreißt. Nach wenigen Minuten beuge ich mich über Jonas und er schlingt seine Beine um meine breite Hüfte. Als meine Schwanzspitze bereits an seinem Loch anstößt, zieht er mich zu sich, ich dringe sofort komplett ein, was ihn sehr laut aufstöhnen lässt.

»Du kommst inzwischen gut mit ihm klar«, grinse ich ihn an und schaue in ein Gesicht, welches vor Lust nur strotzt.

»Halts Maul, alter Mann«, antwortet er frech und ich durchbohre ihn intensiv. Begleitet von seinem Stöhnen, genieße ich seine innere Wärme, beginne, meinen ganzen Körper zu bewegen. Mein Bauch reibt immer wieder an seinem harten Schwanz, während mein Schwanz immer tiefer in ihm weilt.

Wir genießen diese Situation ausgiebig und versuchen, unsere Orgasmen so weit wie möglich zu verzögern. Meinen Schwanz ziehe ich immer wieder aus Jonas heraus und stoße ihn wieder hinein. Nach einigen Malen lege ich mich wieder auf ihn drauf, ficke ihn mit vollem Körpereinsatz.

Jonas stöhnt laut auf, krallt sich in meinen Rücken, als sich sein Schleim zwischen unseren verschwitzen Körpern ausbreitet. Angeturnt von seinem Orgasmus, stoße ich mein Glied tief in ihn hinein, stöhne laut und besame meinen hübschen Freund. Auf ihm zusammensackend, stoße ich noch einige Male sanft zu und behalte dabei seine Augen im Blick. Jonas packt mich am Kopf, zieht ihn an sein Gesicht heran.

»Ich dich auch, Simon«, sagt er und wir küssen uns, während ich nicht aufhören kann, ihn weiter zu stoßen.

Ineinander verschlungen sehen wir der bereits untergehenden Sonne zu und wir leeren das letzte Bier.

»Noch einmal ins Wasser?«, fragt mich Jonas und zeigt auf seinem Bauch. Etwas verklebt ist sein Sperma noch zu erkennen und ich nicke. Zusammen hüpfen wir in den See, schwimmen sogar ein wenig weiter hinaus.

Während wir uns in die Augen schauen, umarmen wir uns und tauschen noch einmal hitzige Küsse aus, als ein lautes Hupen die traute Zweisamkeit unterbricht.

»Wir sollten zurückschwimmen. Unser Taxi ist da«, hauche ich dem Kleinen zu. Er nickt etwas bedrückt, und wir schwimmen ans Ufer.

Nachdem wir die Sachen zusammengepackt haben, steigen wir in den modifizierten Bully, treten die Heimreise an und ich verliere mich während der Fahrt in meinen Gedanken. Wir haben viel durchgemacht und ich hoffe sehr, dass wir zwei die Zeit, die uns bleibt, weiter so genießen können, wie jetzt.

Ein leichtes Zischen reißt mich aus den Gedanken und ich schaue Leroy an, welcher mit seinem Kopf nach unten deutet. Jonas ist in meinen Armen eingeschlafen und ich lächele zu ihm.

»Hey, Kleiner«, flüstere ich, streichele seine Wange, bis er mich anschaut.

»Wir sind zu Hause«, sage ich und gebe ihm einen Kuss auf die Stirn.

Aus dem Wagen gestiegen, reiche ich Jonas meine Hand und helfe ihm heraus. Bis auf die Jeans und die Schuhe lassen wir alles im Wagen und ich geleite meinen schlaftrunkenen Kleinen in die Wohnung. Die Tür hinter mir schließend, schicke ich ein Stoßgebet zu Isa und hoffe, dass sie sieht, wie glücklich ich bin.

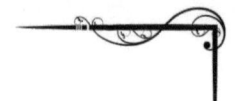

--Ende--

Ich hoffe, dass Dir diese kleine Szene gefallen hat. Möchtest Du mehr von Simon und Jonas lesen, z.B. wie sie zusammengekommen sind oder woher sie die Narben haben, kann ich Dir »Simon – Episode 1: Jonas – Blutige Enthüllungen« wärmstens empfehlen.

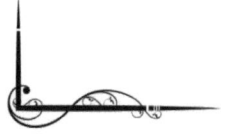

Martin und der Fluch mit den Frauen Teil 2
(Leseprobe)

Endlich waren sie alleine im Haus, Klingel und Telefon hatte Martin zur Vorsicht schon abgeschaltet. Er wollte das erste Mal mit Nancy ungestört genießen und sie verwöhnen, wie sie noch nie verwöhnt wurde.

Als Nancy Charlie und Ian zu Stevie brachte, war er zum Bäcker gelaufen und frische Croissants besorgt, die gehörten für ihn einfach dazu, genauso wie Marmelade. Sein Schlafzimmer glich einem Rosenbeet, nachdem er Unmengen von getrockneten Rosenblüten verteilt hatte. Die Vorhänge an den Fenstern waren zugezogen und eine romantische Beleuchtung geschaffen. Alles war vorbereitet, als Nancy zurückkam. Sie hatte unterwegs aus dem ›Tory Store‹ noch Brötchen besorgt, die sie bei seinem Anblick einfach fallen ließ und die Tür zuschlug. Eine Sekunde später hing sie an seinem Hals und küsste ihn leidenschaftlich.

›Verdammt, warum war sie so schnell schon zurück‹, dachte er und ärgerte sich, noch nicht angekleidet zu sein. ›Nur noch schnell duschen, ha, dass ich nicht lache. Nun stehe ich hier komplett nackt vor ihr.‹

So schnell wie sie überall ihre Hände hatte, konnte er nicht reagieren und schon gar nicht bremsen. Und dies verräterische Anhängsel zwischen seinen Beinen konnte es auch nicht erwarten, ragte hervor, als wenn er nach Luft schnappen müsste. Martin ärgerte sich darüber, dabei sollte es doch so schön werden und er sah seine Pläne schon im reißenden Fluss davonschwimmen.

»Stop, halt ... Na...nce«, konnte er gerade noch hervorbringen, bevor ein wohliger Schauer über seinen Rücken lief. Sie hatte es doch tatsächlich gewagt und die Führung

übernommen. Ihre schlanken Finger spielten mit seinem besten Stück, reizten ihn immer mehr und er stand da wie ein Bulle, der gleich abspritzen sollte.

›So nicht, du Biest‹, schwor er sich, schob Nancy von ich und ging ins Badezimmer. Dort lehnte er sich mit dem Rücken gegen die kalte, geschlossene Tür. ›Tief durchatmen, Junge, ganz tief atmen. Das geht jetzt eindeutig zu schnell‹, beruhigte er sich selbst.

Ein anderer Plan musste her, und zwar schnell. Martin überlegte fieberhaft, wie er die Situation jetzt noch retten konnte und Nancy einen schönen Tag bereiten. Plötzlich kam ihm die Erleuchtung und er bereitete ein schönes Bad vor. Ihm fiel wieder ein, dass er ja ein neues Schaumbad für Nancy besorgt hatte, das ihm von der Verkäuferin empfohlen wurde. Während das Wasser sachte in die Wanne plätscherte, zog er sich eine Unterhose über, die das Schlimmste verdeckte. Als die Wanne gefüllt war, öffnete er die Tür und ging in die Küche, in der er Nancy vermutete, dennoch nicht fand. Also begab er sich auf die Suche im Haus und fand sie in seinem Schlafzimmer. ›Wie konnte eine Frau nur so hinreißend aussehen?‹ Ihr Anblick brachte ihn fast um den Verstand, als sie so verführerisch entblößt auf seinem Bett lag.

»Hey«, flüsterte er heiser. »So haben wir aber nicht gewettet, Süße. Zieh dir bitte wieder etwas an.« Ihr entsetzter Blick tat ihm schon fast körperlich weh, dennoch musste es sein, wenn er seinen Plan verwirklichen wollte. Sie hatte schon zu viel mitgemacht und sollte jetzt von ihm entschädigt werden.

»Aber ... wir ... wollten ... doch«, schniefte Nancy enttäuscht auf.

»Ich weiß, bitte tu mir den Gefallen«, flehte er fast, er musste jetzt hart bleiben.

»Hast du Hunger?«, fragte sie voller Enttäuschung. Am liebsten hätte er laut gerufen: ›Ja, auf dich!‹ ... aber nicht er wollte verwöhnt werden, sondern er wollte sie verwöhnen. Er ging auf sie zu, zog sie an den Händen hoch und legte ihr seinen Bademantel um den Körper.

»Komm, Süße, ich habe eine Überraschung für dich«, flüsterte er ihr heiser ins Ohr. Er spürte den Schauer, der ihr durch den Körper lief. Oh, wie gerne würde er sich jetzt einfach wie ein Kaninchen verhalten, aber nein, jetzt noch nicht.

Langsam führte er sie auf den Flur und vor dem Badezimmer verschloss er ihr die Augen mit seinen Händen.

»Vertrau mir bitte.« Er schob sie durch die Tür und eine Duftwolke des Schaumbades strömte ihnen entgegen. Nancy schnupperte und es schien ihr zu gefallen. Vor der Wanne nahm er die Hände von ihren Augen.

»Nur für dich, meine Süße«, brachte er gerade soeben noch hervor, bevor sie ihn stürmisch küsste. Ihm blieb die Luft weg und seine Hose wurde verflucht eng. Er schob ihr langsam den Bademantel von den Schultern und bot seine Hand an, um ihr das Einsteigen in die Wanne zu erleichtern.

Bevor sie diese ergriff, küsste sie ihn noch einmal leidenschaftlich und begab sich in das wohltemperierte Wasser. Sie seufzte leise auf und lehnte sich an den Rand der freistehenden Wanne. Martin liebte dieses Teil, es regte seine Fantasie an.

Er nahm etwas von dem Schaum in seine Hände, stellte sich hinter Nancy und massierte ihr den Nacken und die Schultern. Seine Hände glitten Stückchen für Stückchen näher an ihre Brust, massierten diese, nur um wieder hochzuwandern und die Schultern weiter zu bearbeiten. Die wohligen Laute, die aus Nancys Kehle drangen, zeugten davon, wie gut ihr diese Behandlung gefiel. Martin fühlte sich bestärkt und spürte, wie ihre Anspannung abfiel. Seine Hände wanderten über ihre Brust bis auf den Bauch, den er zärtlich unter Wasser

streichelte, danach führte ihn seine Reise weiter zu den
Hüften, die sie ihm leicht entgegen hob, damit seine
Hände ihren Po greifen und massieren konnten. Lange
hielt er sich da nicht auf und streichelte sich an den
Oberschenkel herunter bis zu den Waden, nur um ihre
Füße zu streicheln. Geschickt massierte er diese dann
noch. Immer wieder warf er einen Blick in Nancy ent-
spanntes Gesicht. Sie hielt ihre Augen geschlossen und
wenn er es nicht besser gewusst hätte, hätte er geglaubt,
sie wäre eingeschlafen. Ihre Atmung sprach aber dage-
gen, denn ihre Brust hob und senkte sich immer schneller. Er entschloss sich, seine Hände über ihre Schienbeine
bis hoch zu ihrem Schoß zu führen. Dort stoppte er kurz
und spürte ihren Hügel an seinen Fingern. Immer fester
drängte sie sich an seine Hände. Noch bevor sie etwas
von sich geben konnte, schob er einen seiner Finger
tiefer zwischen ihre Beine und massierte ihre Perle. Ein
leiser Aufschrei der Lust kam ihr über die Lippen, dennoch hielt sie ihre Augen geschlossen und genoss seine
Berührungen. So wurde sie noch nie in ihrem Leben
berührt und sie wünschte sich, dass es nie enden würde.
Mit der zweiten Hand fuhr er langsam über ihren Bauch,
hoch zu ihrer Brust, zärtlich berührte er ihre Rose und
spielte mit dem aufrecht stehenden Nippel, während
seine andere Hand sich ihrem weitaus erregteren Teil
widmete. Mit der Fingerspitze umspielte er den Rand
ihrer Vagina. Sie stieß leise aufreizend klingende Töne
aus und konnte ihre Atmung nicht mehr kontrollieren.
Kleine Schweißperlen formten sich auf ihrer Stirn, für
ihn das Zeichen, mit seinem Finger nur einen Zentimeter
tief einzudringen und sein Spiel weiter fortzuführen. Er
kniete sich vor die Wanne, küsste sie unwahrscheinlich
zärtlich, wie er es noch nie zuvor getan hatte. Erst hinter
dem Ohr, dann entlang dem Hals bis hin zu ihrer Brust.
Als er ihren Nippel mit seiner Zunge umspielte, spürte

er, wie sich ihr Körper anspannte. Sie unterdrückte ein Stöhnen, während ihre Muskeln unkontrolliert zuckten, nur ganz sachte, dennoch deutlich spürbar. Martin presste schnell seine Lippen auf ihre, um den erhofften Lustschrei in sich aufzunehmen. Und er kam, sogar sehr intensiv. Noch nie in seinem Leben hatte er eine Frau so verwöhnt und er schwor sich, Nancy würde die erste und letzte sein, so sehr liebte er sie. Sie rang nach Luft und ihr Herz schlug heftig gegen ihre Brust. Zu sehen, wie schnell ihre Brust sich aus dem Badeschaum erhob, nur um gleich wieder zu versinken, erregte Martin noch mehr, obwohl er bisher geglaubt hatte, keine Steigerung der Erregung erfahren zu können. Steif ist steif, waren immer seine Gedanken, aber das Gefühl, dass ihm sein bestes Stück jederzeit platzen könnte, hatte er noch nie gehabt. In ihren weit aufgerissenen Augen konnte er ein Flehen erkennen. Sollte er nun weitermachen oder aufhören, er entschied sich, weiterzumachen, und nur wenige Minuten später überkam sie erneut ein unvorhergesehener Orgasmus, der auch ihm Erleichterung brachte. Sie erlebten beide etwas, was sie bisher noch nie erlebt hatten.

Wie ein nasses Handtuch hing er über dem Wannenrand und keuchte. So schnell und so heftig war er noch nie gekommen. Wie sollte es erst dann sein, wenn sie richtigen Sex hatten?

»Martin?«, drang leise an sein Ohr. Langsam hob er den Kopf. »Bist du wahnsinnig?« Sie sah so unwirklich schön aus, dass es ihm die Sprache verschlug, dennoch hatte er Angst. Angst, sie überfordert zu haben. »Es war so wunderschön, danke«, brachte sie zaghaft hervor. Martin war immer noch sprachlos. Seine Hände umrahmten ihren Kopf und er konnte ihr nur zärtliche Küsse im Gesicht verteilen. Zu sehr tobten die Gefühle in ihm und er konnte sich kaum noch zurückhalten, sie nicht auf die Arme zu nehmen und ins Schlafzimmer zu tragen, sie aufs Bett werfen und tief in ihr zu versinken. Er ermahnte sich im Stillen zur Ruhe.

Martin half Nancy, die sichtlich erschöpft, aber auch glücklich war, aus der Wanne heraus und trocknete sie ab. Sie genoss es einfach nur, stand bewegungslos vor ihm. Ihre Gedanken tobten hin und her, sie wollte ihn auch verwöhnen, nur wie, das wusste sie noch nicht.

Er erfüllte sich seinen eigenen Wunsch und trug Nancy in sein Bett, aber nur, um ihr dort wieder die Erfüllung zu schenken. Neugierig, wie Jugendliche beim ersten Mal, erkundeten sie ihre Körper gegenseitig, berührten sich und erst, als sie tief vereinigt ihren Gipfel erklommen hatten, waren sie zufrieden und wussten, die Zukunft gehörte ihnen gemeinsam.

@Bibi Rend

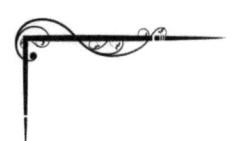

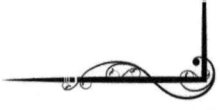

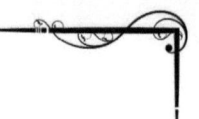

Über die Autoren

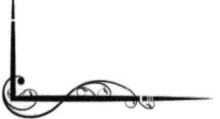

Aylena Hollander ist ein scheues Reh auf der Erotikflur. Sie versteckt sich lieber in und unter Betten und schreibt über (hoffentlich frauenfreundlichen) Spaß am Sex. Gleichzeitig ist sie eine der wenigen Erotikautorinnen, die gar keinen Sinn für BDSM hat und deshalb diese Themen auch nicht in ihrem Autorenleben umsetzt. ›Ein ziemlich heißer Job‹ ist ihre erste Arbeit für die Öffentlichkeit.

Anfangs sollte es ein Hobby sein, ein Ausgleich zu einem anstrengenden Beruf - dann aber machte sie mehr daraus. Ihr Pseudonym **Bibi Rend** hat eine Geschichte. Es ist ein Andenken an ihre verstorbene Großmutter.

Geboren und aufgewachsen in dem schönen Fuhrberg verschlug es sie für einige Jahre in die Nachbarstadt Burgdorf. Dort lebte die Mittvierzigerin mit ihrem Mann und ihrer doch recht eigensinnigen Katze rund zehn Jahre. Ihr Herz zog sie zurück in ihr Geburtshaus, in dem sie jetzt mit ihrem Mann und ihrer Katze lebt.

Ihren Brotjob gab sie auf und machte sich selbstständig. Heute kümmert sie sich mit Herz und Verstand um die Werke ihrer Kollegen.

Im Sommer 2018 wird sie weitere Bücher von sich veröffentlichen, ›Martin und der Fluch mit den Frauen‹ liegt ihr selbst sehr am Herzen.

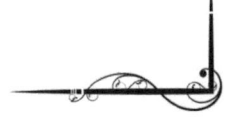

Loona Moore ist eine junge Frau, die sich ganz und gar, den erotischen Geschichten verschrieben hat. Mit ihren 29 Jahren durfte sie bereits, viele Erfahrungen auf dem Gebiet, der erotischen Bände sammeln und präsentiert jetzt ihre Geschichten auch für die Öffentlichkeit. In der Zukunft möchte sie noch viele unterhaltsame, aber auch fantasiereiche Erotik ihren Lesern unterbreiten und sie damit in eine Welt der erotischen Fantasien entführen.

Sunny Claire wurde in Stralsund geboren und lebt in Sachsen, wo sie ihre Freude an der Literatur als Leiterin des Zirkels Schreibender mit anderen teilt. Schon früh in der Kindheit lernte sie, Träume zum Fliegen zu bringen. Mit humorvollen Storys im Gepäck reist die Romantikerin mit ihren abenteuerlustigen Helden zu Lesungen. Auf den Schienen des Landes entstehen ihre Gedichte, Kinderbücher und Reisegeschichten. Ihr Roman und auch ein Theaterstück werden bald erwartet. 2018 beendete sie ihr Studium an Hamburgs Autorenschule und wurde Mitglied im Verband Deutscher Schriftsteller. Sie liebt die Insel Rügen, töpfert, musiziert, malt Landschaftsbilder und gibt Kunstkurse für Kinder.

Geboren wurde **Azrael ap Cwanderay** im Januar 1969, in der Stadt Menden im Sauerland (Deutschland) entdeckte der Autor schon in Kindheitstagen seinen Hang zum Geschichtenerzählen. Geschah dies erst in Comicform, so kamen in späteren Jahren Gedichte, Liedtexte und dann auch erste Romanversuche hinzu. Nach einer klassischen Schulausbildung war die Ausbildung zum Grafiker der nächste logische Schritt, um seinem künstlerischen Schaffen ein solides zeichnerisches Fundament zu bieten.

Anfang der 90er erfolgte dann der Umzug nach Österreich, wo dann auch die Arbeit am Erstlingswerk ZEIT-BEBEN begann. Es dauerte jedoch noch gute 20 Jahre, bis das Werk endlich vollendet war.

Kurz darauf erfolgte die Veröffentlichung des ersten Bandes der Grusel-Fantasy-Serie MONTAGUES MON-STER, welche inzwischen bereits mit Band 2 fortgesetzt wurde. Band 3 ist in Arbeit. Des Weiteren ist ein Cartoon-Band erschienen (LUNATICS), sowie mehrere Beiträge in diversen Anthologien. Neben seiner Schriftstellerei ist Azrael ap Cwanderay auch erfolgreich als Coverdesigner und Illustrator tätig.

Derzeit lebt der Künstler mit seiner Lebensgefährtin, seiner kleinen Tochter und einem vorwitzigen Hund am Wörthersee und erschafft weitere Welten der Phantastik und des Staunens.

Gerry Maynor ist das Pseudonym eines in Deutschland lebenden Mittdreißigers, welcher sich auf Gay-Stories spezialisiert hat. Sein markantestes Markenzeichen ist die lederne Hundemaske und das Halstuch.

Er hat seine Leidenschaft im Schreiben von homoerotischen Geschichten gefunden und lebt diese in seinen Büchern voll aus.

Dabei legt er sehr viel Wert auf detailreiche Erotik, bis hin zu spannenden Momenten in der Handlung. Auch wenn es auf dem ersten Blick so wirkt, hält er nichts vom stupiden Liebemachen. Diese Erotik versucht er, in seinen Werken durch einen intensiven Handlungsstrang zu verfeinern.

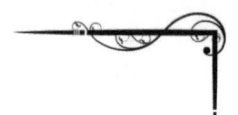

Val Valland ist das Pseudonym eines Autors, welcher in Deutschland beheimatet ist.

Immer wieder werden Texte überarbeitet und verfeinert, bevor er wirklich zufrieden ist.

Glücklich verheiratet stellt er sich nicht nur beim Schreiben neue Aufgaben.

Er lebt in seinen Geschichten/Romanen sexuelle Fantasien aus.

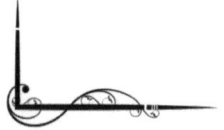

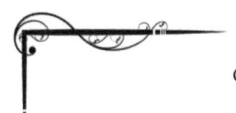

Über die Herausgeberin

Selbst schreibt Bianca Karwatt seit 2014 unter dem Pseudonym Bibi Rend. Im Jahr 2015 half sie im Besonderen Autoren mit einer Lese-Rechtschreib-Schwäche, aber auch denen, die Probleme mit der deutschen Sprache hatten, wodurch sie sich sehr schnell einen Namen aufbaute. Bianca Karwatt hat in der Vergangenheit schon mit einigen Verlagen zusammengearbeitet, die ihre Arbeit zu schätzen wissen.

Sie macht auch heute noch keinen Unterschied, für sie sind alles Autoren, egal mit welchem Handicap. Dadurch hat sie sehr schnell einen festen Autorenstamm erhalten, mit dem sie auch heute noch zusammenarbeitet. Viel Wert legt sie auf eine enge, gemeinschaftliche Zusammenarbeit und das dazu noch zu günstigen Preisen.

Für sie Grund genug, Anthologien zu veröffentlichen, um Autoren mit wenig Einkommen den gleichen Service zukommen zu lassen, wie denen, die bessergestellt sind. Zusätzlich möchte sie mit den Anthologien ›Linda Marie Haupt‹ bei ihrem Tierschutzprojekt ›Kleine Notfellchen‹ unterstützen und spendest deshalb einen Teil der Einnahmen.

Weitere Informationen zu dem Service:
www.buchstabenpuzzle.de

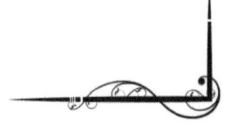

Über das Tierschutzprojekt ›Kleine Notfellchen‹

Ich möchte euch gerne erzählen, was wir hier tun auf Mallorca. Denn wenn ihr mich wirklich unterstützen wollt, solltet ihr das schon wissen.

Als wir vor vier Jahren Mallorca zu unserem Wohnort gemacht haben, merkten wir sehr schnell, dass Tiere hier keinen besonderen Wert haben. Schon ein Jahr später wollten wir einen Verein gründen, um richtig helfen zu können. Doch wie das oft so ist, hat sich das leider zerschlagen, da so etwas natürlich Geld kostet und wir das mit unseren Erwerbsunfähigkeitsrenten nicht stemmen konnten.

Geblieben ist der Wunsch, das Bedürfnis, den armen Tieren zu helfen. Hier auf Mallorca gibt es einige »staatliche Tierheime«, doch lasst euch nicht irreführen, die Namen täuschen. Diese Heime sind Perreras - Tötungsstationen! Das bedeutet: Jedes Tier, egal ob Hund oder Katze, hat nach der Einlieferung in der Regel DREI Wochen Zeit, vermittelt zu werden. Gelingt das in dieser Zeit nicht – wird es getötet. Und dabei ist es völlig egal, ob es sich um junge, alte, gesunde oder kranke Tiere handelt. Ich sage in der Regel, denn manchmal, wenn die Perreras nicht überfüllt sind, haben einige die Chance, länger dort zu sein. Ist die Perrera überfüllt, wird ausgesucht: Zuerst die Kampfhunde, dann die großen Schwarzen (die bringen hier Unglück!), dann die Kranken, die Alten und zum Schluss die Welpen. Und dann wird getötet, der Reihe nach. Ungefähr 3000 Hunde und Katzen jedes Jahr.

Es gibt mittlerweile einige private Tierorganisationen unter deutscher Leitung, die in engem Kontakt mit den Perreras stehen, versuchen, so viele wie möglich dort freizukaufen und nach Deutschland zu vermitteln. Wir haben das auch versucht, doch ohne Beziehungen, Geld und Pflegestellen in Deutschland, ist es fast unmöglich, als »Normalmensch« ein Tier zu vermitteln. Vor drei Jahren fanden wir dann, Anfang Dezember, sechs Katzenwelpen im Alter von ca. fünf Wochen im Müll. Damit begann alles. Wir haben sie aufgepäppelt, Tierarzt…. Bekamen von zwei lieben Freunden aus Deutschland zu Weihnachten ein paar Riesenpakete mit Futterspenden. Dann kam das Problem der Vermittlung. Letztendlich haben wir alle, bis auf eine auf der Insel verschenkt. (Arbeitskollegen meiner Kinder) Ich will damit nur sagen, wir machen kein Geschäft damit. Die letzte, der Welpen war fast ein Jahr bei uns, bis auch sie eine Familie fand. Sie hat den Lottogewinn unter den Körbchen gefunden!

Weiter ging es mit einer alten, kranken Dame, die eine Katze mit vier Welpen hatte und sie nicht mehr versorgen konnte, außerdem aufgrund der Krankheit zurück nach Deutschland wollte. Also bekamen wir sie und hin und wieder bekommen wir auch von ihr noch Futter für die Katzen. Im Sommer vor zwei Jahren band man uns eine Kampfhundmischlingshündin an die Tür, sie lebt jetzt bei meiner Tochter.

Eine andere Familie hatte über dreißig Katzen, ging zurück nach Deutschland und ließ zehn davon zurück. Wir haben sie eingefangen sonst wären sie in der Perrera gelandet. Im letzten Jahr hatten wir innerhalb von einer Woche vier kleine Kätzchen ca. vier Wochen alt, aus der Mülltonne. Eines davon mit einem schrecklich

entzündeten Auge, das entfernt werden musste und mit Katzenschnupfen. Aber sie hat es geschafft, unsere Ojita und es geht ihr heute gut! Allen geht es soweit gut, wir füttern sie, versorgen sie medizinisch, soweit wir können, ansonsten haben wir eine tolle Tierärztin, die uns gute Preise macht und bei der wir auch in Raten zahlen dürfen. Denn selbstverständlich sind alle kastriert worden, denn noch mehr Katzen - nein, vermehren sollen sie sich nicht. In diesem Jahr hatten wir erst ein Müllkätzchen und die kleine Püppy hat schon bei einem Freund ein neues Zuhause gefunden. Trotz allem versorgen wir täglich über zwanzig Katzen (Unterschiedlich, da immer ein paar Freßfreunde mit dabei sind) zweimal täglich mit Futter, Tropfen gegen entzündete Augen, kleinere Wunden.

Dazu kommen unsere drei Hunde, auch aus Perreras, die wir freigekauft haben, aber nicht vermitteln konnten. Sie bleiben nun. Wir können überhaupt keine Tiere mehr aus den Perreras holen, wir sind voll. (Es sei denn wir bekämen den Auftrag für jemanden, dies zu tun, weil er/sie ihn haben möchte)

Aber wir können dafür sorgen, dass einige nicht dort landen und dafür setzen wir uns ein. Wer Hilfe braucht, bekommt sie, soweit wir das leisten können. Das ist es ganz kurz beschrieben, was wir hier auf Mallorca tun.

Es gibt auch die Seite »unsere Notfellchen«, auf der immer mal wieder Eintragungen zu finden sind.

Wenn ihr Fragen habt, ich beantworte sie gerne.

Eure Linda Marie Haupt

Weitere Informationen unter:
https://www.facebook.com/unsere.notfellchen

Inhalt

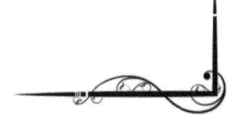

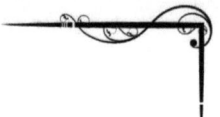

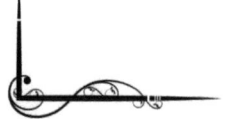